U0796597

炉边独语

蔡元培散文精选

蔡元培　著

泰山出版社 · 济南 ·

图书在版编目（CIP）数据

蔡元培散文精选 / 蔡元培著. -- 济南：泰山出版社，2023.7

（炉边独语）

ISBN 978-7-5519-0803-0

Ⅰ. ①蔡… Ⅱ. ①蔡… Ⅲ. ①散文集－中国－现代 Ⅳ. ① I266

中国国家版本馆CIP数据核字（2023）第093887号

LUBIAN DUYU CAIYUANPEI SANWEN JINGXUAN

炉边独语：蔡元培散文精选

责任编辑 徐甲第
装帧设计 路渊源

出版发行 泰山出版社
社 址 济南市泺源大街2号 邮编 250014
电 话 综 合 部（0531）82023579 82022566
出版业务部（0531）82025510 82020455
网 址 www.tscbs.com
电子信箱 tscbs@sohu.com
印 刷 山东通达印刷有限公司
成品尺寸 150 mm × 230 mm 16开
印 张 12.5
字 数 155千字
版 次 2023年7月第1版
印 次 2023年7月第1次印刷
标准书号 ISBN 978-7-5519-0803-0
定 价 39.00元

凡　例

一、本书收录了作者的散文经典文章或片段节选，主要展现了作者的学术历程、情感操守，以及当时的时代风貌等。

二、将所选文章改为简体横排，以适应当代的阅读习惯。所选文章尽量依照原作，以保持文章的时代韵味，部分内容参照当下最新的整理成果进行了适当修改。

三、所选文章没有标题或者标题重复的，编辑时另行拟加或改拟。

四、对有些当时惯用的文字，如“的”“地”“得”“作”“做”“哪”“那”“吧”“罢”“化钱”“记帐”等，仍多遵照旧用。

目录

美术的起源

美术有狭义的、广义的。狭义的，是专指建筑、造像（雕刻）、图画与工艺美术（包装饰品等）等。广义的，是于上列各种美术外，又包含文学、音乐、舞蹈等。西洋人著的美术史，用狭义；美学或美术学，用广义。现在所讲的也用广义。

美术的分类，各家不同。今用Fechner与Grosse等说，分作动静两类：静的是空间的关系，动的是时间的关系。静的美术，普通也用图像美术的名词作范围。他的托始，是一种装饰品。最早的在身体上；其次在用具上，就是图案；又其次乃有独立的图像，就是造像与绘画。由静的美术，过渡到动的美术，是舞蹈，可算是活的图像。在低级民族，舞蹈时候，都有唱歌与器乐；我们就不免联想到诗韵与音乐。舞蹈、诗歌、音乐，都是动的美术。

我们要考求这些美术的起源，从那里下手呢？照进化学的结论，人类是从他种动物进化的。我们一定要考究动物是否有创造美术的能力？我们知道，植物有美丽的花，可以引诱虫类，助他播种。我们知道，动物界有雌雄淘汰的公例：雄的动物，往往有特别美丽的毛羽，可以诱导雌的，才能传种。动物已有美感，是无可疑的。但是这些动物，果有自己制造美术的能力么？有些美学家，说美术的冲动，起于游戏的冲动。动物有游戏冲动，可以公认。但是说到美术上的创造力，却与游戏不同。动物果有创造力么？有多数能歌的鸟，如黄莺等，很可以比我们的音乐。中国古书，如《吕氏春秋》等，还说“伶伦取竹制十二筒，听凤凰之鸣，以别十二律”云云，似乎音乐与歌鸟，很有关系。但他们是否是有意识的歌？无从证明。图像美术里面，造像绘画，是动物界绝对没有的。惟有造巢的能力，很可以与我们的建筑术竞胜。近来如I.Rennie著的*Die Baukunst der Tiere*，如T.Harting著的*Die Baukunst der Tiere*，如I.G.Wood著的*Homeswithout Hands*，如L.Büchner著的*Ausdem Geistesle bender Tiere*，如Gr.Romanes著的*Animal Intelligence*，都对于动物造巢的技术，很多记述。就中最特别的，如蜜蜂的窠，造多数六角形小舍，合成圆穹形。蚁的垤，造成三十层到四十层的楼房，每层用十寸多长的支柱支起来，大厅的顶，于中央构成螺旋式，用十字式木材撑住。非洲的白蚁，有垤上构塔，高至五六迈当的；垤内分作堂、室、甬道等。美洲有一种海貍，在水滨造巢，两方入口都深入严冬不冻的水际；要巢旁的水，保持常度，掘一小池泄过量的水；并设有水门与沟渠。印度与南非都有一种织鸟，他们的巢是用木茎织成的。有一种缝鸟，用植物的纤维，或偶然拾得人类所弃的线，缝大叶作巢；线的首尾都打一个结。在东印度与意大利，都有一种缝鸟，所用的线，是采了棉花，用喙纺成的。澳洲的叶鸟（造巢如叶）在住所以外，别设一个舞蹈厅，地基与各面，都用树枝交互织成，为免内面的不平坦，把那两端相交的叉形都向着外面。又搜集了许多陈列品，都是选那色彩鲜明的，如别的鸟类的毛羽，人用布帛的零片，闪光的小石与螺壳，或用树枝分架起来，或散布在入口的地面。这些都不能不认为一种的技术。但严格地考核起来，造巢的本能，恐还是生存上需要的条件。就是平齐、圆穹等等，虽很合美的形式，未必不是为便于出入回旋起见。要是动物果有创造美术的能力，必能一代一代地进步，今既绝对不然，所以说到美术，不能不说是人类独占的了。

考求人类最早的美术，从两方面着手：一是古代未开化民族所造的，是古物学的材料。二是现代未开化民族所造的，是人类学的材料。人类学所得的材料，包括动、静两类。古物学是偏于静的，且往往有脱节处，不是借助人类学，不容易了解。所以考求美术的源始，要用现代未开化民族的作品作主要材料。

现代未开化的民族，除欧洲外，各洲都还有。在亚洲，有Andamanen群岛的Mincopie人，锡兰东部的Veddha人，与西伯利亚北部的Tchuktschen人。在非洲，有Kalahari的Buschmänner人。在美洲，北有Arkisch的Eskimo人、Aleüten的土人；南有Feuerländer群岛的土人、Brasilien民国的Botokuden人。在澳洲，有各地的土人。都是供给材料给我们的。

现在讲初民的美术，从静的美术起，先讲装饰。

从前达尔文遇着一个Feuerländer人，送他一方红布，看他作什么用。他并不制衣服，把这布撕成细条儿，送给同族，作身上的装饰。后来遇着澳洲土人，试试他，也是这个样子。除了Eskimo人非衣服不能御寒外，其余初民，大抵看装饰比衣服要紧得多。

装饰可分固着的、活动的两种：固着的，是身上刻文及穿耳、镶唇等。活动的，是巾、带、环、镯等。活动的装饰里面，最简单的，是画身。这又与几种固着的装饰有关系，恐是最早的装饰。

除了Eskimo人非全身盖护不能御寒外，其余未开化民族，没有不画身的。澳洲土人旅行时，携一个袋鼠皮的行囊，里面必有红、黄、白三种颜料。每日必要在面部、肩部、胸部点几点。最特殊的，是Botokuden人：有时除面部、臂部、胫部外，全身涂成黑色，用红色画一条界线在边上。或自顶至踵，平分左右：一半画黑色，一半不画。其余各民族画身的习惯，大略如下。

画上去的颜色：是红、黄、白、黑四种，红、黄最多。

所画的花样：是点、直线、曲线、十字、交叉纹等，眼边多用白色画圆圈。

所画的部位：是在额、面、项、肩、背、胸，四肢等，或全身。

画的时期：除前述澳洲土人每日略画外，童子成丁祝典、舞蹈会、丧期，均特别注意，如文明人着礼服的样子。也有在死人身上画的。

现在妇女用脂粉，外国马戏的小丑抹脸，中国唱戏的讲究脸谱，怕都是野蛮人画身的习惯遗传下来的。

他们为画的容易脱去，所以又有瘢痕与雕纹两种。暗色的澳洲土人与Mincopie人，是专用瘢痕的。黄色的Buschmänner，古铜色的Eskimo，是专用雕纹的。

瘢痕是用火石、蚌壳或最古的刀类，在皮肤上或肉际割破。等他收口了，用一种灰白色颜料涂上去，有几处土人，要他瘢痕大一点，就从新创时起，时时把颜料填上去；或用一种植物的质渗进去。

瘢痕的式样：是点、直线、曲线、马蹄形、半月形等。

所在的地位：是面、胸、背、臂、股等。

时期：澳人自童子成丁的节日割起，随年岁加增。Mincopie人，自八岁起，十六岁或十八岁就完了。

雕纹是在雕过的部位，用一种研碎的颜料渗上去，也有用烟煤或火药的。经一次发炎，等全愈了，就现出永不褪的深蓝色。

雕纹的花样，在Buschmänner还简单，不过刻几条短的直线。Eskimo人的就复杂了。有曲线，有交叉纹，或用多数平行线作扇面式，或作平行线与平列点，并在其间，作屈曲线，或多数正方形。

所雕的部位：是在面、肩、胸、腰、臂、胫等。

雕纹的流行，比瘢痕广而且久。《礼记·王制》篇："东方曰夷，被发文身。……南方曰蛮，雕题交趾。"《疏》说："题，额也。谓以丹青雕题其额。"是当时东南两方的蛮人，都有雕纹的习惯。又《史记·吴太伯世家》："太伯、仲雍二人，乃奔荆蛮，文身断发。"应劭说："常在水中，断其发，文其身，以象龙子，故不见伤害。"墨子说："勾践剪发文身以治其国。"庄子说："宋人资章甫以适越，越人断发文身，无所用之。"似乎自商季至周季，越人总是有雕纹的。《水浒传》里的史进，身上绣成九条龙。是宋元时代还有用雕纹的。听说日本人至今还有。欧洲充水手的人，也有臂上雕纹的。我于一九〇八年，在德国Leipzig的羊市场，见两个德国女子，用身上雕纹，售票纵观，我还藏着他们两人的摄影片。可见这种装饰，文明民族里面，也还不免呢。

Botkuden人没有瘢痕，也没有雕纹，却有一种性质相近的固着装饰，就是唇、耳上的木塞子。这就叫作Botoque，怕就是他们族名的缘起。他们小孩子七八岁，就在下唇与耳端穿一个扣状的孔，镶了软木的圆片。过多少时，渐渐儿扩大，直到直径四寸为止。就是有瘢痕或雕纹的民族，也有这一类的装饰：如Buschmänner的唇下镶木片，或象牙，或蛤壳，或石块；澳人鼻端穿小棍或环子；Eskimo人耳端挂环子。

耳环的装饰，一直到文明社会，也还不免。

从固定的装饰过渡到活动的，是发饰。各民族有剪去一部分的，有编成辫子，用象牙环、古铜环束起来的，有编成发束，用兔尾、鸟羽或金属扣作饰的，有用赭石和了油或用蜡涂上，堆成饼状的。现在满洲人的垂辫，全世界女子的梳髻，都是初民发饰的遗传。

头上活动的装饰，是头巾。凡是游猎民族，除Eskimo外，没有不裹头巾的。最简单的用Pandance的叶卷成。别种或用皮条；或用袋鼠毛、植物纤维编成，或用鸵鸟羽、鹰羽、七弦琴尾鸟羽、熊耳毛束成；或用新鲜的木料，刻作鸟羽形戴起来；或用绳子穿黑的浆果与白的猴牙相间；或用草带缀一个鸵鸟蛋的壳又插上鸟羽；或用袋鼠牙两小串，分挂两额；或用麻缕编成网式的头巾，又从左耳至右耳，插上黄色或白色鹦鹉羽编成的扇。且有头上戴一只鹫鸟，或一只乌鸦的。各种民族的冠巾，与现今欧美妇女冠上的鸟羽或鸟的外廓，都是从初民的头巾演成的。

其次头饰：有木叶卷成的或海狗皮切成的带子；有用植物纤维织成的或兽毛织成的绳子。绳子上串的，是Mangrove树的子、红珊瑚、螺壳、玳瑁、鸟羽、兽骨、兽牙等；也有用人指骨的。满洲人所用的朝珠，与欧美妇女所用的头饰，都是这一类。

其次腰饰：也有带子，用树叶、兽皮制成的。或是绳子，用植物纤维或人发编成的。绳子上往往系有腰袿，有用树叶编成的；有用鸵鸟羽，或蝙蝠毛，或松鼠毛束成的；有用短丝一排的；有用羚羊皮碎条一排，并缀上珠子或卵壳的。吾国周时有大带、素带等，唐以后，且有金带、银带、玉带等，现今军服也用革带，都起于初民的带子。又古人解说市字（即韍字），说人类先知蔽前，后知蔽后，似是起于羞耻的意识。但观未开化民族所用的硬袿，多用碎条，并没有遮蔽的作用。且澳洲男女合组的舞蹈会，未婚的女子有腰袿，已婚的不用。遇着一种不纯洁的会，妇人也系鸟羽编成的腰袿。有许多旅行家说此等饰物，实因平日裸体，恬不为怪，正借饰物为刺激，与羞耻的意识的说明恰相反。

至于四肢的装饰，是在臂上、胫上，系着与颈饰同样的带子或绳子。后来稍稍进化一点的民族，才戴镯子。

上头所说的头饰、腰饰等等，Eskimo都是没有的。他们的装饰品，是衣服：有裘，有衣缝上缀着的皮条、兽牙、骨类金类制成的珠子，古铜的小钟。男子有一种上衣，在后面特别加长，很像兽尾。

综观初民身上的装饰，他们最认为有价值的，就是光彩。所以Feuerländer人见了玻片，就拿去作颈饰。Buschmänner得了铜铁的环，算是幸福。他们没有工艺，得不到文明民族最光彩的装饰品。但是自然界有许多供给，如海滩上的螺壳，林木上的果实与枝茎，动物的毛羽与齿牙，他们也很满足了。

他们所用的颜色：第一是红。Gjoethe曾说，红色为最能激动感情，所以初民很喜欢他。就是中国人古代尚绯衣，清朝尊红顶，也是这个缘故。其次是黄，又其次是白、是黑，大约冷色是很少选用。只有Eskimo的唇钮，用绿色宝石，是很难得的。他们的选用颜色，与肤色很有关系。肤色黑暗的，喜用鲜明的色：所以澳人与Mincopie人用白色画身，澳人又用袋鼠白牙作颈饰。肤色鲜明的，喜用黑暗的色，所以Feuerländer人用黑色画身，Buschmänner人用暗色珠子作饰品。

用鸟羽作饰品，不但取他的光彩与颜色，又取他的形式。因为他在静止的时候，仍有流动的感态。自原人时代，直到现在的文明社会，永远占着饰品的资格。其次螺壳，因为他的自然形式，很像用精细人工制成的，所以初民很喜欢他。但在文明社会，只作陈列品的加饰了。

初民的饰品，都是自然界供给，因为他们还没有制造美术品的能力。但是他们已不是纯任自然，他们也根据着美的观念，加过一番工夫。他们把毛皮切成条子，把兽牙、木果等排成串子，把鸟羽编成束子或扇形，结在头上，都含有美术的条件：就是均齐与节奏。第一条件，是从官肢的性质上来的。第二条件，是从饰品的性质上得来的。因为人的官肢，是左右均齐，所以遇着饰品，也爱均齐。要是例外的不均齐，就觉得可笑或可惊了。身上的瘢痕与雕纹，偶有不均齐的，这不是他们不爱均齐，是他们美术思想最幼稚的时代，还没有见到均齐的美处。节奏也不是开始就见到的，是他们把兽牙或螺壳等在一条绳子上串起来，渐渐儿看出节奏的关系了。Botokuden人用黑的浆果与白的兽牙相间的串上，就是表示节奏的美丽。不过这还是两种原质的更换，别种兽牙与螺壳的排列法，或利用质料的差别，或利用颜色与大小的差别，也有很复杂的。

身上刻画的花纹，与颈饰、腰饰上兽牙、螺壳的排列法，都是图案一类，但都是附属在身上的。到他们的心量渐广，美的观念寄托在身外的物品，才有器具上的图案。

他们有图案的器具，是盾、棍、刀、枪、弓、投射器、舟、橹、陶器、桶柄、箭袋、针袋等。

图案有用红、黄、白、黑、棕、蓝等颜料画的，有刻出的。

图案的花样，是点、直线、曲屈线、波纹线、十字、交叉线、三角形、方形、斜方形、卍字纹、圆形或圆形中加点等，也有写蝙蝠、蜴蜥、蛇、鱼、鹿、海豹等全形的。写动物全形，自是摹拟自然。就是形学式的图案，也是用自然物或工艺品作模范：譬如十字是一种蜴蜥的花纹；梳形是一种蜂窠的凸纹；曲屈线相联，中狭旁广的，是一种蝙蝠的花纹；双层曲屈线，中有直线的，是蝮蛇的花纹；双钩卍字，是Cassinauhe蛇的花纹；浪纹参黑点的，是Anaconda蛇的花纹；菱形参填黑的四角形的，是Lagunen鱼的花纹。其余可以类推。因为他们所摹拟的，是动物的一部分，所以不容易推求。至于所摹拟的工艺品，是编物：最简单的陶器，勒出平行线，斜方线，都像编纹；有时在长枪上摹拟草篮的花纹，在盾上棍上摹拟带纹结纹。也有人说，陶器上的花纹，是怕他过于光滑，不易把持，所以刻上的。又有联想的关系，因陶器的发明，在编物以后，所以瓶釜一类，用筐篮作模范。军器的锋刃，最早是用绳或带系缚在柄上，后来有胶法嵌法了，但是绳带的联想仍在，所以画起来或刻起来了。Freiburg的博物院中，有两条澳人的枪。他们的锋，一是用绳缚住的；一是用树胶粘住的。但是粘住的一条，也画上绳的样子，与那一条很相像。这就是联想作用的证据。但不论为把持的便利，或为联想的关系，他们既然刻画得很精致，那就是美术的作用。

初民的图案，又很容易与几种实用的记号相混，如文字，如所有权标志，如家族徽章，如宗教上或魔术上的符号，都是。但是排列得很匀称的，就不见得是文字与标志。描画得详细，不是单有轮廓的，就不见得是符号。不是一家族的在一种器具上同有的，就不见得是徽章。又参考他们土人的说明，自然容易辨别了。

图案上美的条件，第一是节奏。单简的，是用一种花样，重复了若干次。复杂的，是用两种以上的花样，重复了若干次。就是文明民族的图案，也是这样。第二是均齐。初民的图案，均齐的固然很多，不均齐的也很不少。例如澳人的三个狭盾，一个是在双弧线中间填曲屈线，左右同数，是均齐的。他一个，是两方均用双钩的曲屈线，但一端三数，一端四数。又一个，是两方均用r纹，但一方二数，一方三数。为什么两方不同数？因为有一种动物的体纹是这样。他们纯粹是摹拟主义，所以不求均齐了。

图案的取材，全是人与动物，没有兼及植物。因为游猎民族，用猎得的动物作经济上的主要品。他们妇女虽亦捃拾植物，但作为副品，并不十分注意。所以刻画的时候，竟没有想到。

图案里面，有描出动物全体的，这就是图画的发端。Eskimo人骨制的箭袋，竟雕成鹿形。又有两个针袋，一个是鱼形，又一个是海豹形。这就是造像的发端。

造像术是寒带的民族擅长一点儿。如Hyperborä人有骨制的人形、鱼形、海狗形等；Alëuten人有鱼形、狐形等；Eskimo人有海狗形等，都雕得颇精工，不是别种游猎民族所有的。

图画是各民族都很发达。但寒带的人，是刻在海象牙上，或用油调了红的黏土、黑的煤，画在海象皮上。所画的除动物形外，多是人生的状况，如雪舍、皮幕、行皮船、乘狗橇、用杈猎熊与海象等。据Hildebrand氏说，Tuhuktschen人曾画月球里的人，因为他画了一个戴厚帽的人，在一个圆圈的中心点。

别种游猎民族，如澳人、Buschmänner人都有摩崖的大幅。在鲜明的岩石上，就用各种颜色画上。在黑暗的岩壁上，先用坚石划纹，再填上鲜明的颜色。也有先用一种颜色填了底，再用别种颜色画上去的。澳人有在木制屋顶上，涂上烟煤，再用指甲作画的。又有在木制墓碑上，刻出图像的。

澳人用的颜色，以红、黄、白三种为主。黑的用木炭。蓝的不知出何等材料。调色用油。画好了，又用树胶涂上，叫他不褪。Buschmänner人多用红、黄、棕、黑等色，间用绿色。调色用油或血。

图画的内容，动物形象最多，如袋鼠、象、犀、麒麟、水牛、各种羚羊、鬣狗、马、猿猴、鸵鸟、吐绶鸡、蛇、鱼、蟹、蜴蜥、甲虫等。也画人生状况，如猎兽、刺鱼、逐鸵鸟及舞蹈会等。间亦画树，并画屋、船等。

澳人的图画，最特别的是西北方上Glenelg山洞里面的人物画。第一洞中，在斜面黑壁上，用白色画一个人的上半截。头上有帽，带着红色的短线。面上画的眼鼻很清楚，其余都缺了。口是澳人从来不画的。面白。眼圈黑。又用红线黄线，描他的外廓。两只垂下的手，画出指形。身上有许多细纹，或者是瘢痕，或是皮衣。在他的右边，又画了四个女子，都注视这个人。头上都戴着深蓝色的首饰，有两个戴发束。第二洞中，有一个侧面人头的画，长二尺，宽十六寸。第三洞中，有一个人的像，长十尺六寸。自颔以下，全用红色外套裹着，仅露手足。头向外面，用圈形的巾子围着。这个像是用红、黄、白三色画的。面上只画两眼，头巾外围，界作许多红线，又仿佛写上几个字似的。

Buschmänner的图画，最特别的是Hemon相近的山洞中的盗牛图。图中一个Buschmänner的村落，藏着盗来的牛。被盗的Kaffern人追来了。一部分的Buschmänner人，驱着牛逃往他处，多数的拿了弓箭来对抗敌人。最可注意的，是Buschmänner人躯干虽小，画得筋力很强，Kaffern人虽然长大，但筋力是弱的。画中对于实物的形状与动作，很能表现出来。

这些游猎民族，虽然不知道现在的直线配景，与空气映景等法，但他们已注意于远近不同的排列法，大约用上下相次来表明前后相次，与埃及人一样。他们的写象实物，很有可惊的技能：（一）因为他们有锐利的观察与确实的印象。（二）因为他们的主动机关与感觉机关适当的应用。这两种，都是游猎时代生存竞争上所必需的。

在图画与雕像两种以外，又有一种类似雕像的美术，是假面。是西北海滨红印度人的制品，是出于不羁的想象力，与上面所述写实派的雕像与图画很有点不同。动物样子最多，作人面的，也很不自然，故作妖魔的形状。与西藏黄教的假面差不多。

初民的美术，最有大影响的是舞蹈。可分为两种：一种是操练式（体操式），一种是游戏式（演剧式）。操练式舞蹈，最普及的是澳人的Corroborris。Mincopie人与Eskimo人，也都有类此的舞蹈。他们的举行，最重要的，是在两族间战后讲和的时候。其他如果蓏成熟、牡蛎收获、猎收丰多、儿童成丁、新年、病愈、丧毕、军队出发、与别族开始联欢等，也随时举行。举行的地方，或丛林中空地，或在村舍。Eskimo人有时在雪舍中间。他们的时间，总在月夜，又点上火炬，与月光相映。舞蹈的总是男子，女子别组歌队。别有看客。有一个指挥人，或用双棍相击，或足蹴发音盘，作舞蹈的节拍。他们的舞蹈，总是由缓到急。即便到了最急烈的时候，也没有不按着节拍的。

别有女子的舞蹈，大约排成行列，用上身摇曳，或两胫展缩作姿势。比男子的舞蹈，静细得多了。

游戏式舞蹈，多有摹拟动物的，如袋鼠式、野犬式、鸵鸟式、蝶式、蛙式等。也有摹拟人生的，以爱情与战斗为最普通。澳人并有摇船式、死人复活式等。

舞蹈的快乐，是用一种运动发表他感情的冲刺。要是内部冲刺得非常，外部还要拘束，就觉得不快。所以不能不为适应感情的运动。但是这种运动，过度放任，很容易疲乏，由快感变为不快感了。所以不能不有一种规则。初民的舞蹈，无论活动到何等激烈，总是按着节奏，这是很合于美感上条件的。

舞蹈的快乐，一方面是舞人，又一方面是看客。舞人的快乐，从筋骨活动上发生。看客的快乐，从感情移入上发生。因看客有一种快乐，推想到儗人的鬼神也有这种感情，于是有宗教式舞蹈。宗教式舞蹈，大约各民族都是有的。但见诸记载的，现在还只有澳人。他们供奉的魔鬼，叫作Mindi，常有人在供奉他的地方，举行舞蹈。又有一种，在舞蹈的中间，擎出一个魔像的。总之，舞蹈的起源，是专为娱乐，后来才组入宗教仪式，是可以推想出来的。

初民的舞蹈，多兼歌唱。歌唱的词句，就是诗。但他们独立的诗歌，也不少。诗歌是一种语言，把个人内界或外界的感触，向着美的目标，用美的形式表示出来。所以诗歌可分作两大类：一是主观的，表示内界的感情与观念，就是表情诗（Lyrik）。一是客观的，表示外界的状况与事变，就是史诗与剧本。这两类都是用感情作要素，是从感情出来，仍影响到感情上去。

人类发表感情，最近的材料，与最自然的形式，是表情诗。他与语言最相近，用一种表情的语言，按着节奏慢慢儿念起来，就变为歌词了。《尚书》说："歌永言。"《礼记》说："言之不足，故长言之。长言之不足，故咏叹之。"就是这个意思。Ehrenreich氏曾说，Botokuden人在晚上把昼间的感想咏叹起来，很有诗歌的意味。或说今日猎得很好，或说我们的首领是无畏的。他们每个人把这些话按着节奏的念起来，且再三地念起来。澳洲战士的歌，不是说刺他哪里，就说我有什么武器。竟把这种同式的语，迭到若干句。均与普通语言，相去不远。

他们的歌词，多局于下等官能的范围，如大食、大饮等。关于男女间的歌，也很少说到爱情的。很可以看出利己的特性。他总是为自己的命运发感想，若是与他人表同情的，除了惜别与挽词，就没有了。他们的同情，也限于亲属，一涉外人，便带有注意或仇视的意思。他们最喜欢嘲谑，有幸灾乐祸的习惯。对于残废的人，也要有诗词嘲谑他。偶然有出于好奇心的：如澳人初见汽车的喷烟，与商船的鷁首，都随口编作歌词。他们对于自然界的伟大与美丽，很少感触，这是他们过受自然压制的缘故。惟Eskimo人，有一首诗，描写山顶层云的状况，是很难得的。他的大意如下：

> 这很大的Koonak山在南方／我看见他；／这很大的Koonak山在南方／我眺望他；／这很亮的闪光，从南方起来，／我很惊讶。／在Koonak山的那面，／他扩充开来，／仍是Koonak山／但用海包护起来了。／看啊！他（云）在南方什么样？／滚动而且变化；／看呵！／他在南方什么样？／交互的演成美观。／他（山顶）所受包护的海，／是变化的云；／包护的海，／交互的演成美观。

有些人，说诗歌是从史诗起的。这不过因为欧洲的文学史，从Homer的两首史诗起。不知道Homer以前，已经有许多非史的诗，不过不传罢了。大约史诗的发起，总在表情诗以后。澳洲人与Mincopie人的史诗，不过参杂节奏的散文；惟有Eskimo的童话，是完全按着节奏编的。

普通游猎民族的史诗，多说动物生活与神话；Eskimo多说人生。他们的著作，都是单量的（Ein Dimension），是线的样子。他们描写动物的性质，往往说到副品为止，很少能表示他特别性质与奇异行为的。说人生也是这样，总是说好的坏的这些普通话，没有说到特性的。说年长未婚的人，总是可笑的。说妇女，总是能持家的。说寡妇，总是慈善的。说几个兄弟的社会，总是骄矜的、粗暴的、猜忌的。

Eskimo有一篇小Kagsagsuk的史诗，算是程度较高的。他的大意如下：

> Kagsagsuk是一个孤儿，寄养在一个穷的老妪家里。这老妪是住在别家门口的一个小窖，不能容K.。K.就在门口偎着狗睡，时时受大人与男女孩童的欺侮。他有一日独自出游，越过一重山，忽然有求强的志愿，想起老妪所授魔术的咒语，就照式念着。有一神兽来了，用尾拂他。由他的身上排出许多海狗骨来，说这些就是阻碍他身体发展的。排了几次，愈排愈少，后来就没有了。回去的时候，觉得很有力了。但是遇着别的孩童欺侮他，他还是忍耐着。又日日去访神兽，觉得一日一日地强起来。有一回，神兽说道："现在够了！但是要忍耐着。等到冬季，海冻了，有大熊来，你去捕他。"他回去，有欺侮他的，他仍旧忍耐着。冬季到了，有人来报告："有三个大熊，在冰山上，没有人敢近他。"K.听到了，告他的养母要去看看。养母嘲笑他道："好，你给我带两张熊皮来，可作褥子同盖被。"他出去的

时候，大家都笑看他。他跑到冰山上，把一只熊打死了，掷给众人，让他们分配去。又把那两只都打死了，剥了皮，带回家去，送给养母，说是褥子与盖被来了。那时候邻近的人，平日轻蔑他的，都备了酒肉，请他饮食，待他很恳切。他有点醉了，向一个替他取水的女孩子道谢的时候，忽然把这个女孩子捋死了。女孩子的父母不敢露出恨他的意思。忽然一群男孩子来了，他刚同他们说应该去猎海狗的话，忽然逼进队里，把一群孩子都打死了。他们这些父母，都不敢露出恨他的意思。他忽然复仇心大发了，把从前欺侮他的人，不管男女壮少，统统打死了。剩了一部分苦人，向来不欺侮他的，他同他们很要好，同消受那冬期的储蓄品。他挑了一只最好的船，很勤地练习航海术，常常作远游，有时往南，有时往北。他心里觉得很自矜了，他那武勇的名誉也传遍全地方了。

多数美术史家与美学家，都当剧本是诗歌最后的；这却不然。演剧的要素，就是语言与姿态同时发表。要是用这个定义，那初民的讲演，就是演剧了。初民讲演一段故事，从没有单纯口讲的，一定随着语言，做出种种相当的姿势，如Buschmänner遇着代何种动物说语，就把口做成那一个动物的口式。Eskimo的讲演，述那一种人的话，就学那一种人的音调，学得很像。我们只要看儿童们讲故事，没有不连着神情与姿态的，就知道演剧的形式是很自然、很原始的了。所以纯粹的史诗，倒是诗歌三式中最后的一式。

普通人对于演剧的观念，或不在兼有姿态的讲演，反重在不止一人的演作。就这个狭义上观察，也觉得在低级民族，早已开始了。第一层，在Grönland有两人对唱的诗，并不单是口唱，各做出许多姿态，就是演剧的样子。而且这种对唱，在澳洲也是常见的。第二层，游戏式舞蹈，也是演剧的初步。由对唱到演剧，是添上地位的转动。由舞蹈到演剧，是添上适合姿态的语言。讲到内部的关系，就不容易区别了。

Al ë uten人有一出哑戏。他的内容，是一个人带着弓，作猎人的样子。别一个人扮了一只鸟。猎人见了鸟，做出很爱他，不愿害他的样子。但是鸟要逃了，猎人很着急；自己计较了许久，到底张起弓来，把鸟射死了。猎人高兴地跳舞起来。忽然，他不安了，悔了，于是乎哭起来了。那只死鸟又活了，化了一个美女，与猎人挽着臂走了。

澳洲人也有一出哑戏，但有一个全剧指挥人，于每幕中助以很高的歌声。第一幕，是群牛从林中出来，在草地上游戏。这些牛，都是土人扮演的，画出相当的花纹。每一牛的姿态，都很合自然。第二幕，是一群人向这牧群中来，用枪刺两牛，剥皮切肉，都做得很详细。第三幕，是听着林中有马蹄声起来了，不多时，现出白人的马队，放了枪把黑人打退了。不多时，黑人又集合起来，冲过白人一面来，把白人打退了，逐出去了。

这些哑戏，虽然没有相当的诗词，但他们编制很有诗的意境。

在文明社会，诗歌势力的伸张，半是印刷术发明以后传播便利的缘故。初民既没有印刷，又没有文字，专靠口耳相传，已经不能很广了。他们语音相同的范围又是很狭。他们的诗歌，除了本族以外，传到邻近，就同音乐谱一样了。

文明社会，受诗歌的影响，有很大的，如希腊人与Homer，意大利人与Dante，德意志人与Goethe，是最著的例。初民对于诗歌，自然没有这么大影响；但是他们的需要，也觉得同生活的器具一样。Stokes氏曾说，他的同伴土人Miago遇着何等对象，都很容易很敏捷地构成歌词。而且说，不是他一人有特别的天才，凡澳人普通如此。Eskimo人也是各有各的诗。所以他们并不怎么样地崇拜诗人。但是对于诗歌的价值，是普通承认的。

与舞蹈、诗歌相连的，是音乐。初民的舞蹈，几乎没有不兼音乐的。仿佛还偏重音乐一点儿。Eskimo舞蹈的地方，叫作歌场（Quaggi）；Mincopie人的舞蹈节，叫作音乐节。

初民的唱歌，偏重节奏，不用和声。他们的音程也很简单，有用三声的，有用四声的，有用六声的。对于音程，常不免随意出入。Buschmänner的音乐天才，算是最高。欧人把欧洲的歌教他们，他们很能仿效。Lishtenstein氏还说，很愿意听他们的单音歌。

他们所以偏重节奏的缘故：一是因他本用在舞蹈会上；二是乐器的关系。

初民的乐器，大部分是为拍子设的。最重要的是鼓。惟Botokuden人没有这个，其余都是有一种，或有好几种。最早的形式，怕就是澳洲女子在舞蹈会上所用的，是一种绷紧鼓的袋鼠皮，平日还可以披在肩上作外套的，有时候把土卷在里面。至于用兽皮绷在木头上面的做法，是在Melanesier见到的。澳北Queenländer有一种最早的形式，是一根坚木制成的粗棍，打起来声音很强，这种声杖，恰可以过渡到Mincopie人的声盘。声盘是舞蹈会中指挥人用的，是一种盾状的片子，用坚木制成的；长五尺，宽二尺；一面凸起，一面凹下；凹下的一面，用白垩画成花纹。用的时候，凹面向下；把窄的一端嵌入地平，指挥人把一足踏住了；为加增嘈音起见，在宽的一端，垫上一块石头。Eskimo人用一种有柄的扁鼓，他的箍与柄，都是木制，或用狼的腿骨制；他的皮，是用海狗的，或驯鹿的；直径三尺；用长十寸粗一寸的棍子打的。Buschmänner的鼓，荷兰人叫作Rommelpott，是用一张皮绷在开口的土瓶或木桶上面，用指头打的。

Eskimo人、Mincopie人与一部分的澳洲人，除了鼓，差不多没有别的乐器了。独有澳北Port Essington土人有一种箫，用竹管制的，长二三尺，用鼻孔吹他。Botokuden人没有鼓，有两种吹的乐器：一是箫，用Taquara管制的，管底穿几个孔，是妇女吹的。二是角，用大带兽的尾皮制的。

Buschmänner有用弦的乐器。有几种不是他们自己创造的：一种叫Guitare，是从非洲黑人得来。一种壶卢琴，从Hottentotten得来。壶卢琴是木制的底子，缀上一个壶卢，可以加添反响；有一条弦，又加上一个环，可以伸缩他颤声的部分。止有Gora，可信是Buschmänner固有的、最早的弦器，他是弓的变形。他有一弦，在弦端与木槽的中间，有一根切成薄片的羽茎插入。这个羽茎，由奏乐的用唇扣着，凭着呼吸去生出颤动来，如吹洞箫的样子。这种由口气发生的谐声，一定很弱；他那拿这乐器的右手，特将第二指插在耳孔，给自己的声觉强一点儿。他们奏起来，竟可到一点钟的长久。

总之初民的音乐，唱歌比器乐发达一点。两种都不过小调子，又是偏重节奏，那谐声是不注意的。他那音程，一是比较的简单；二是高度不能确定。

至于音乐的起源，依达尔文说，是我们祖先在动物时代，借这个刺激的作用，去引诱异性的。凡是雄的动物，当生殖欲发动的时候，鸣声常特别发展，不但用以自娱，且用以求媚于异性。所以音乐上的主动与受动，全是雌雄淘汰的结果。但诱导异性的作用，并非专尚柔媚，也有表示勇敢的。譬如雄鸟的美翅，固是柔媚的；牡狮的长鬣，却是勇敢的。所以音乐上遗传的，也有激昂一派，可以催起战争的兴会。现在行军的没有不奏军乐。据Buckler与Thomas所记，澳洲土人将要战斗的时候，也是把唱歌与舞蹈激起他们的勇气来。

又如叔本华说各种美术，都有模仿自然的痕迹，独有音乐不是这样，所以音乐是最高尚的美术。但据Abb é Dubos的研究，音乐也与他种美术一样，有模仿自然的。照历史上及我们经验上的证明，却不能说音乐是绝对没有模仿性的。

要之音乐的发端，不外乎感情的表出。有快乐的感情，就演出快乐的声调；有悲惨的感情，就演出悲惨的声调。这种快乐或悲惨的声调，又能引起听众同样的感情。还有他种郁愤、恬淡等等感情，都是这样。可以说是人类交通感情的工具。斯宾塞尔说“最初的音乐，是感情激动时候加重的语调”，是最近理的。如初民的音乐，声音的高度，还没有确定，也是与语调相近的一端。

现在综合起来，觉得文明人所有的美术，初民都有一点儿。

就是诗歌三体，也已经不是混合的初型，早已分道进行了。止有建筑术，游猎民族的天幕、小舍，完全为避风雨起见，还没有美术的形式。

我们一看他们的美术品，自然觉得同文明人的著作比较，不但范围窄得多，而且程度也浅得多了。但是细细一考较，觉得他们所包含美术的条件，如节奏、均齐、对比、增高、调和等等，与文明人的美术一样。所以把他们的美术与现代美术比较，是数量的差别比种类的差别大一点儿；他们的感情是窄一点儿，粗一点儿；材料是贫乏一点儿；形式是简单一点儿，粗野一点儿；理想的寄托，是幼稚一点儿。但是美术的动机、作用与目的，是完全与别的时代一样。

凡是美术的作为，最初是美术的冲动（这种冲动，是各别的，如音乐的冲动，图画的冲动，往往各不相干。不过文辞上可以用“美术的冲动”的共名罢了）。这种冲动，与游戏的冲动相伴，因为都没有外加的目的。又有几分与摹拟自然的冲动相伴，因而美术上都有点摹拟的痕迹。这种冲动，不必到什么样的文化程度，才能发生；但是那几种美术的冲动，发展到一种什么程度，却与文化程度有关。因为考察各种游猎民族，他们的美术，竟相类似，例如装饰、图像、舞蹈、诗歌、音乐等，无论最不相关的民族，如澳洲土人与Eskimo竟也看不出差别的性质来。所以Taine的“民族特性”理论，在初民还没有显著的痕迹。

这种彼此类似的原因，与他们的生活，很有关系。除了音乐以外，各种美术的材料与形式，都受他们游猎生活的影响。看他们的图案，止摹拟动物与人形，还没有采及植物，就可以证明了。

Herder与Taine二氏，断定文明人的美术，与气候很有关系。初民美术，未必不受气候的影响，但是从物产上间接来的。在文明人，交通便利，物产上已经不受气候的限制，所以他们美术上所受气候的影响，是精神上直接的。精神上直接的影响，在初民美术上，还没有显著的痕迹。

初民美术的开始，差不多都含有一种实际上目的，例如图案是应用的便利；装饰与舞蹈，是两性的媒介；诗歌、舞蹈与音乐，是激起奋斗精神的作用；尤如家族的徽志，平和会的歌舞，与社会结合，有重要的关系。但各种美术的关系，却不是同等。大约那时候，舞蹈是很重要的。看西洋美术史，希腊的人生观，寄在造像；中古时代的宗教观念，寄在寺院建筑；文艺中兴时代的新思潮，寄在图画；现在人的文化，寄在文学；都有一种偏重的倾向。总之，美术与社会的关系，是无论何等时代，都是显著的了。从柏拉图提出美育主义后，多少教育家都认美术是改造社会的工具。但文明时代分工的结果，不是美术专家，几乎没有兼营美术的余地。那些工匠，日日营机械的工作，一点没有美术的作用参在里面，就觉枯燥得了不得，远不及初民工作的有趣。近如Morris痛恨于美术与工艺的隔离，提倡艺术化的劳动，倒是与初民美术的境象，有点相近。这是很可以研究的问题。

墨子的非攻与善守

墨子是一个极端反对侵略的人，他作《非攻》篇，历举侵略非义的例证，又历举侵略者自身不利的例证。对于侵略者，不但词严义正的责他们，而且也苦口婆心的劝他们。但是他并不是空言禁攻，而有一种抵抗侵略的准备。有事实可以证明。

墨于听说楚王要攻宋，就跑到楚国去，探听楚王为什么要攻宋，因为公输盘替楚王造了一种云梯，要到宋国去试一试。墨子就要求同他小试一回。解革带为城，请他攻。公输盘九次进攻，都被墨子打退了。公输盘的机械用完，墨子的守备还有余。公输盘说："我有一个对你的方法了，但是我不说。"墨子说："我知道你对我的方法了，但我也不说。"楚王问什么缘故，墨子说："公输子的方法，是杀我；他以为杀了我，就没有人替宋守，他就可以攻宋了。殊不知道我的学生禽滑釐等三百人，都已装置好我所发明的守备，在宋国城上候楚兵了。"楚王就决定不攻宋。设使墨子没有这种守备的器具与技能，又使没有受训练的三百学生，虽空言非攻，还是无用。我们对于墨子的准备，可分别考察一回。

第一是学术的根柢。《墨子·经》上下、《经说》上下等篇，颇引到数学与物理学的例证，可见墨家对于物质科学，从事研求。又《贵义》篇说，墨子往卫国的时候，载书很多，可以见墨子的好学。

第二是工艺的创造。《墨子》书中，《备城门》《备高临》《备梯》《备水》《备突》《备蛾傅》及《杂守》等篇，都是关于工程与机械的装置同应用。前述与公输盘小试的技能，想也是这一类的。又据《韩非子·外储说》所记，墨子造木鸢，三年而成，一日而败。弟子说他巧，墨子自言："不及造车輗的巧，造輗的不要费一天的工夫，用几尺木料造成，就可以引三十石的重载，而且可以应用，比造木鸢的强得多了。"这固然是墨子的谦词，但亦可以见他对于品评工艺的标准。若是墨子生在现代，怕得在坦克车与飞机、飞艇上，一定有许多发明了。

第三是徒属的训练。《吕氏春秋》称墨子徒属弥众，弟子充满天下。墨子对楚王说到弟子禽滑釐等三百人。淮南子称墨子服役者百八十人，皆可使赴火蹈刃，死不旋踵。楚吴起的事变，墨者巨子孟胜为阳城君死守，弟子死者百八十五人。可见墨家训练徒属的严格与感化的强度了。

第四是勤俭的锻炼。自古名将，没有不与士卒同甘苦的，若骄奢淫佚，怎么能普及呢！墨子是主张"节用"的；自称"量腹而食，度身而衣"。庄子称他"裘褐为衣，跂跻为服，以自苦为极"。而他的勤劳，也非常人所能及。例如救宋的一役，从鲁国跑到楚国，裂裳裹足，日夜不休，十日十夜乃到。他既克勤克俭，以身作则，他的徒属，岂能不受感化。

第五是执法的公正。墨于主张兼爱，没有亲疏的差别，所以对于罪人的惩罚，也没有"议亲"的例外。据《吕氏春秋·去私》篇所载，墨家巨子腹𪟝住在秦国，他的儿子杀了人，秦王因腹𪟝年老，并且没有第二个儿子，所以令法官不要杀他。腹𪟝说："墨家的法，杀人者死，伤人者刑，是要禁杀伤人的；禁杀伤人，是天下大义；王虽然令法官勿诛，我不可不行墨子的法。"就把他的儿子杀了。这可以见墨家执法之严了。

墨子与其徒属，有这些物质的设备，精神的训练，所以能替弱小国家抵抗侵略，用武装和平的手续，把战争消弥于事前。

《墨子》书中有《天志》《明鬼》《非乐》等篇，固非我辈所能赞同，但他也有许多很好的理论，尤其是他的非攻而善守的一义，可以做我们的模范；我们不能不注意。

我的新生活观

什么叫旧生活？是枯燥的，是退化的。什么叫新生活？是丰富的，是进步的。

旧生活的人，是一部分不作工，又不求学的，终日把吃喝嫖赌作消遣。物质上一点也没有生产，精神上也一点没有长进。又一部分是整日作苦工，没有机会求学。身体上疲乏得了不得，所作的工是事倍功半。精神上得过且过，岂不全是枯燥的吗？不作工的人，体力是逐渐衰退了；不求学的人，心力又逐渐委靡了，一代传一代，更衰退，更委靡，岂不全是退化了吗？

新生活是每一个人每日有一定的工作，又有一定的时候求学，所以制品增加。这还不是丰富的吗？工是愈练愈熟的，熟了出产必能加多；而且“熟能生巧”，就能增出新工作来。学是有一部分讲现在工作的道理，懂了这个道理，工作必能改良。又有一部分讲别种工作的道理，懂了那种道理，又可以改良别种的工；从简单的工改到复杂的工，从容易的工改到繁难的工，从出产较少的工改到出产较多的工。而且有一种学问，虽然与工作没有直接的关系，但是学了以后，眼光一日一日的远大起来，心地一日一日的平和起来，生活上无形中增进许多幸福。这还不是进步的吗？

要是有一个人肯日日作工，日日求学，便是一个新生活的人；有一个团体里的人，都是日日作工，日日求学，便是一个新生活的团体；全世界的人都是日日作工，日日求学，那就是新生活的世界了。

我在北京大学的经历

北京大学的名称，是从民国元年起的。民元以前，名为京师大学堂，包有师范馆、仕学馆等，而译学馆亦为其一部。我在民元前六年，曾任译学馆教员，讲授国文及西洋史，是为我在北大服务之第一次。

民国元年，我长教育部，对于大学有特别注意的几点：一、大学设法、商等科的，必设文科；设医、农、工等科的，必设理科。二、大学应设大学院（即今研究院），为教授、留校的毕业生与高级学生研究的机关。三、暂定国立大学五所，于北京大学外，再筹办大学各一所于南京、汉口、四川、广州等处。（尔时想不到后来各省均有办大学的能力。）四、因各省的高等学堂，本仿日本制，为大学预备科，但程度不齐，于入大学时发生困难，乃废止高等学堂，于大学中设预科。（此点后来为胡适之先生等所非难，因各省既不设高等学堂，就没有一个荟萃较高学者的机关，文化不免落后；但自各省竞设大学后，就不必顾虑了。）

是年，政府任严幼陵君为北京大学校长。两年后，严君辞职，改任马相伯君。不久，马君又辞，改任何锡侯君，不久又辞，乃以工科学长胡次珊君代理。民国五年冬，我在法国，接教育部电，促回国，任北大校长。我回来，初到上海，友人中劝不必就职的颇多，说北大太腐败，进去了，若不能整顿，反于自己的声名有碍。这当然是出于爱我的意思。但也有少数的说，既然知道他腐败，更应进去整顿，就是失败，也算尽了心。这也是爱人以德的说法。我到底服从后说，进北京。

我到京后，先访医专校长汤尔和君，问北大情形。他说："文科预科的情形，可问沈尹默君；理工科的情形，可问夏浮筠君。"汤君又说："文科学长如未定，可请陈仲甫君。陈君现改名独秀，主编《新青年》杂志，确可为青年的指导者。"因取《新青年》十余本示我。我对于陈君，本来有一种不忘的印象，就是我与刘申叔君同在《警钟日报》服务时，刘君语我："有一种在芜湖发行之白话报，发起的若干人，都因困苦及危险而散去了，陈仲甫一个人又支持了好几个月。"现在听汤君的话，又翻阅了《新青年》，决意聘他。从汤君处探知陈君寓在前门外一旅馆，我即往访，与之订定。于是陈君来北大任文科学长，而夏君原任理科学长，沈君亦原任教授，一仍旧贯；乃相与商定整顿北大的办法，次第执行。

我们第一要改革的，是学生的观念。我在译学馆的时候，就知道北京学生的习惯。他们平日对于学问上并没有什么兴会，只要年限满后，可以得到一张毕业文凭。教员是自己不用功的，把第一次的讲义，照样印出来，按期分散给学生，在讲坛上读一遍，学生觉得没有趣味，或瞌睡，或看看杂书，下课时，把讲义带回去，堆在书架上。等到学期、学年或毕业的考试，教员认真的，学生就拼命的连夜阅读讲义，只要把考试对付过去，就永远不再去翻一翻了。要是教员通融一点，学生就先期要求教员告知他要出的题目，至少要求表示一个出题目的范围；教员为避免学生的怀恨与顾全自身的体面起见，往往把题目或范围告知他们了，于是他们不用功的习惯，得了一种保障了。尤其北京大学的学生，是从京师大学堂“老爷”式学生嬗继下来（初办时所收学生，都是京官，所以学生都被称为老爷，而监督及教员都被称为中堂或大人）。他们的目的，不但在毕业，而尤注重在毕业以后的出路。所以专门研究学术的教员，他们不见得欢迎。要是点名时认真一点，考试时严格一点，他们就借个话头反对他，虽罢课也所不惜。若是一位在政府有地位的人来兼课，虽时时请假，他们还是欢迎得很，因为毕业后可以有阔老师做靠山。这种科举时代遗留下来劣根性，是于求学上很有妨碍的。所以我到校后第一次演说，就说明：“大学学生，当以研究学术为天职，不当以大学为升官发财之阶梯。”然而要打破这些习惯，止有从聘请积学而热心的教员着手。

那时候因《新青年》上文学革命的鼓吹，而我们认识留美的胡适之君，他回国后，即请到北大任教授。胡君真是“旧学邃密”而且“新知深沉”的一个人，所以一方面与沈尹默、兼士兄弟、钱玄同、马幼渔、刘半农诸君以新方法整理国故，一方面整理英文系。因胡君之介绍而请到的好教员，颇不少。

我素信学术上的派别是相对的，不是绝对的；所以每一种学科的教员，即使主张不同，若都是“言之成理，持之有故”的，就让他们并存，令学生有自由选择的余地。最明白的是胡适之君与钱玄同君等绝对的提倡白话文学，而刘申叔、黄季刚诸君仍极端维护文言的文学；那时候就让他们并存。我信为应用起见，白话文必要盛行，我也常常作白话文，也替白话文鼓吹；然而我也声明：作美术文，用白话也好，用文言也好。例如我们写字，为应用起见，自然要写行楷，若如江艮庭君的用篆隶写药方，当然不可；若是为人写斗方或屏联，作装饰品，即写篆隶章草，有何不可？

那时候各科都有几个外国教员，都是托中国驻外使馆或外国驻华使馆介绍的，学问未必都好，而来校既久，看了中国教员的阑珊，也跟了阑珊起来。我们斟酌了一番，辞退几人，都按着合同上的条件办的。有一法国教员要控告我，有一英国教习竟要求英国驻华公使朱尔典来同我谈判，我不答应。朱尔典出去后，说："蔡元培是不要再做校长的了。"我也一笑置之。

我从前在教育部时，为了各省高等学堂程度不齐，故改为各大学直接的预科。不意北大的预科，因历年校长的放任与预科学长的误会，竟演成独立的状态。那时候预科中受了教会学校的影响，完全偏重英语及体育两方面；其他科学比较的落后，毕业后若直升本科，发生困难。预科中竟自设了一个预科大学的名义，信笺上亦写此等字样。于是不能不加以改革，使预科直接受本科学长的管理，不再设预科学长。预科中主要的教课，均由本科教员兼任。

我没有本校与他校的界限，常为之通盘打算，求其合理化。是时北大设文、理、工、法、商五科，而北洋大学亦有工、法两科。北京又有一工业专门学校，都是国立的。我以为无此重复的必要，主张以北大的工科并入北洋，而北洋之法科，刻期停办。

得北洋大学校长同意及教育部核准，把土木工与矿冶工并到北洋去了。把工科省下来的经费，用在理科上。我本来想把法科与法专并成一科，专授法律，但是没有成功。我觉得那时候的商科，毫无设备，仅有一种普通商业学教课，于是并入法科，使已有的学生毕业后停止。

我那时候有一个理想，以为文、理两科，是农、工、医、药、法、商等应用科学的基础，而这些应用科学的研究时期，仍然要归到文、理两科来。所以文、理两科，必须设各种的研究所；而此两科的教员与毕业生必有若干人是终身在研究所工作，兼任教员，而不愿往别种机关去的。所以完全的大学，当然各科并设，有互相关联的便利。若无此能力，则不妨有一大学专办文、理两科，名为本科；而其他应用各科，可办专科的高等学校，如德、法等国的成例，以表示学与术的区别。因为北大的校舍与经费，决没有兼办各种应用科学的可能，所以想把法律分出去，而编为本科大学；然没有达到目的。

那时候我又有一个理想，以为文、理是不能分科的。例如文科的哲学，必植基于自然科学；而理科学者最后的假定，亦往往牵涉哲学。从前心理学附入哲学，而现在用实验法，应列入理科；教育学与美学，也渐用实验法，有同一趋势。地理学的人文方面，应属文科，而地质地文等方面属理科。历史学自有史以来，属文科，而推原于地质学的冰期与宇宙生成论，则属于理科。所以把北大的三科界限撤去而列为十四系，废学长，设系主任。

我素来不赞成董仲舒罢黜百家，独尊孔氏的主张。清代教育宗旨有“尊孔”一款，已于民元在教育部宣布教育方针时说他不合用了。到北大后，凡是主张文学革命的人，没有不同时主张思想自由的；因而为外间守旧者所反对。适有赵体孟君以编印明遗老刘应秋先生遗集，贻我一函，属约梁任公、章太炎、林琴南诸君品题。我为分别发函后，林君复函，列举彼对于北大怀疑诸点；我复一函，与他辨。这两函颇可窥见那时候两种不同的见解，所以抄在下面（两函略）。

这两函虽仅为文化一方面之攻击与辩护，然北大已成为众矢之的，是无可疑了。越四十余日，而有五四运动。我对于学生运动，素有一种成见，以为学生在学校里面，应以求学为最大目的，不应有何等政治的组织。其有年在二十岁以上，对于政治有特殊兴趣者，可以个人资格参加政治团体，不必牵涉学校。所以民国七年夏间，北京各校学生，曾为外交问题，结队游行，向总统府请愿；当北大学生出发时，我曾力阻他们，他们一定要参与；我因此引咎辞职。经慰留而罢。到八年五月四日，学生又有不签字于《巴黎和约》与罢免亲日派曹、陆、章的主张，仍以结队游行为表示，我也就不去阻止他们了。他们因愤激的缘故，遂有焚曹汝霖住宅及攒殴章宗祥的事，学生被警厅逮捕者数十人，各校皆有，而北大学生居多数；我与各专门学校的校长向警厅力保，始释放。但被拘的虽已保释，而学生尚抱再接再厉的决心，政府亦且持不做不休的态度。都中喧传政府将明令免我职而以马其昶君任北大校长，我恐若因此增加学生对于政府的纠纷，我个人且将有运动学生保持地位的嫌疑，不可以不速去。乃一面呈政府，引咎辞职，一面秘密出京，时为五月九日。

那时候学生仍每日分队出去演讲，政府逐队逮捕，因人数太多，就把学生都监禁在北大第三院。北京学生受了这样大的压迫，于是引起全国学生的罢课，而且引起各大都会工商界的同情与公愤，将以罢工、罢市为同样之要求。政府知势不可侮，乃释放被逮诸生，决定不签和约，罢免曹、陆、章，于是五四运动之目的完全达到了。

五四运动之目的既达，北京各校的秩序均恢复，独北大因校长辞职问题，又起了多少纠纷。政府曾一度任命胡次珊君继任，而为学生所反对，不能到校；各方面都要我复职。我离校时本预定决不回去，不但为校务的困难，实因校务以外，常常有许多不相干的缠绕，度一种劳而无功的生活，所以启事上有“杀君马者道旁儿；民亦劳止，汔可小休；我欲小休矣”等语。但是隔了几个月，校中的纠纷，仍在非我回校不能解决的状态中，我不得已，乃允回校。回校以前，先发表一文，告北京大学学生及全国学生联合会，告以学生救国，重在专研学术，不可常为救国运动而牺牲。到校后，在全体学生欢迎会演说，说明德国大学学长、校长均每年一换，由教授会公举，校长且由神学、医学、法学、哲学四科之教授轮值，从未生过纠纷，完全是教授治校的成绩。北大此后亦当组成健全的教授会，使学校决不因校长一人的去留而起恐慌。

那时候蒋梦麟君已允来北大共事，请他通盘计划，设立教务、总务两处；及聘任、财务等委员会，均以教授为委员。请蒋君任总务长，而顾孟余君任教务长。

北大关于文学、哲学等学系，本来有若干基本教员，自从胡适之君到校后，声应气求，又引进了多数的同志，所以兴会较高一点。预定的自然科学、社会科学、文学、国学四种研究所，止有国学研究所先办起来了。在自然科学与社会科学方面，比较的困难一点。自民国九年起，自然科学诸系，请到了丁巽甫、颜任光、李润章诸君主持物理系，李仲揆君主持地质系。在化学系本有王抚五、陈聘丞、丁庶为诸君，而这时候又增聘程寰西、石蘅青诸君。在生物学系本已有钟宪鬯君在东南西南各省搜罗动植物标本，有李石曾君讲授学理，而这时候又增聘谭仲逵君。于是整理各系的实验室与图书室，使学生在教员指导之下，切实用功；改造第二院礼堂与庭园，使合于讲演之用。在社会科学方面，请到王雪艇、周鲠生、皮皓白诸君；一面诚意指导提起学生好学的精神，一面广购图书杂志，给学生以自由考索的工具。丁巽甫君以物理学教授兼预科主任，提高预科程度。于是北大始达到各系平均发展的境界。

我是素来主张男女平等的。九年，有女学生要求进校，以考期已过，姑录为旁听生。及暑假招考，就正式招收女生。有人问我："兼收女生是新法，为什么不先请教育部核准？"我说："教育部的大学令，并没有专收男生的规定；从前女生不来要求，所以没有女生；现在女生来要求，而程度又够得上，大学就没有拒绝的理。"这是男女同校的开始，后来各大学都兼收女生了。

我是佩服章实斋先生的。那时候国史馆附设在北大，我定了一个计划，分征集、纂辑两股；纂辑股又分通史、民国史两类；均从长编入手。并编历史辞典。聘屠敬山、张蔚西、薛阆仙、童亦韩、徐贻孙诸君分任征集编纂等务。后来政府忽又有国史馆独立一案，别行组织。于是张君所编的民国史，薛、童、徐诸君所编的辞典，均因篇帙无多，视同废纸；止有屠君在馆中仍编他的蒙兀儿史，躬自保存，没有散失。

我本来很注意于美育的，北大有美学及美术史教课，除中国美术史由叶浩吾君讲授外，没有人肯讲美学。十年，我讲了十余次，因足疾进医院停止。至于美育的设备，曾设书法研究会，请沈尹默、马叔平诸君主持。设画法研究会，请贺履之、汤定之诸君教授国画；比国楷次君教授油画。设音乐研究会，请萧友梅君主持。均听学生自由选习。

我在爱国学社时，曾断发而习兵操，对于北大学生之愿受军事训练的，常特别助成；曾集这些学生，编成学生军，聘白雄远君任教练之责，亦请蒋百里、黄膺白诸君到场演讲。白君勤恳而有恒，历十年如一日，实为难得的军人。

我在九年的冬季，曾往欧美考察高等教育状况，历一年回来。这期间的校长任务，是由总务长蒋君代理的。回国以后，看北京政府的情形，日坏一日，我处在与政府常有接触的地位，日想脱离。十一年冬，财政总长罗钧任君忽以金佛郎问题被逮，释放后，又因教育总长彭允彝君提议，重复收禁。我对于彭君此举，在公议上，认为是蹂躏人权献媚军阀的勾当；在私情上，罗君是我在北大的同事，而且于考察教育时为最密切的同伴，他的操守，为我所深信，我不免大抱不平，与汤尔和、邵飘萍、蒋梦麟诸君会商，均认有表示的必要。我于是一面递辞呈，一面离京。隔了几个月，贿选总统的布置，渐渐的实现；而要求我回校的代表，还是不绝。我遂于十二年七月间重往欧洲，表示决心；至十五年，始回国。那时候，京津间适有战争，不能回校一看。十六年，国民政府成立，我在大学院，试行大学区制，以北大划入北平大学区范围，于是我的北京大学校长的名义，始得取消。

综计我居北京大学校长的名义，十年有半；而实际在校办事，不过五年有半，一经回忆，不胜惭悚。

我所受旧教育的回忆

我六岁（以阴历计，若按新法止四岁余）入家塾，读《百家姓》《千字文》《神童诗》等。本来初上学的学生，有读《三字经》的，也有读《千家诗》或先读《诗经》的，然而我没有读这些。我读了三部“小书”以后，就读四书。四书读毕，读五经。读小书、四书的时候，先生是不讲的，等到读五经了，先生才讲一点。然而背诵是必要的；无论读的书懂不懂，读的遍数多了，居然背得出来。

读书以外，还有识字、习字、对句的三法，是我了解文义的开始。识字是用方块字教的，每一个字，不但要念出读法，也要说出意义；这种方法，现在儿童教育上还是采用的，但加上图画，这是比从前进步了。习字是先摹后写，摹是先描红字，后用影格。临则先在范本的空格上照写，后来用帖子放在前面，在别的空白纸上照写。初学时，先生把住我的手，助我描写，熟练了，才自由挥写。对句是造句的法子，从一个字起，到四个字止，因为五字以上便是作诗，可听其自由造作，不必先出范句了。对句之法，不但名词、动词、静词要针锋相对，而且名词中动、植、矿与器物、宫室等，静词中颜色、性质与数目等，都要各从其类。例如，先生出了“白马”，学生对以“黄牛”“青狐”等，是好的；若用“黄金”“狡狐”等等作对，就不算好了。先生出了“登高山”，学生对以“望远海”“鉴止水”等，是好的；若用“耕绿野”“放四海”等作对，用颜色、数目来对性质，就不算好了。其他可以类推。还有一点，对句时兼练习四声的分别。例如，平声字与平声字对，侧声字与侧声字对，虽并非绝对的不许，但总以平侧相对为正轨。又练习的时候，不但令学生知道平侧，而且在侧声中，上、去、入的分别，也在对句时随时提醒了。

我的对句有点程度了，先生就教我作八股文。八股文托始于宋人的经义，本是散文的体裁，后来渐渐儿参用排律诗与律赋的格式，演成分股的文体，通常虽称八股，到我学八股的时候，已经以六股为最普通了。六股以前有领题，引用题目的上文，是“开篇”的意义；六股以后又有结论；可以见自领题到结论，确是整篇。然而领题以前有起讲（或称小讲），约十余句，百余字；起讲以前有承题，约四五句，二十余字；承题以前有破题，仅二句，约十余字；这岂不是重复而又重复吗？我以前很不明白，现在才知道了。这原是一种练习的方法：先将题目的一句演为两句（也有将题目的若干句缩成两句的，但是能作全篇的人所为）；进一步，演为四句；再进一步，演为十余句；最后乃演为全篇。照本意讲，有了承题，就不必再有破题；有了起讲，就不必再有破题与承题；有了全篇，就不必再有破、承与起讲；不知道何时的八股先生，竟头上安头，把这种练习的手续都放在上面，这实在是八股文时代一种笑柄；我所以不避烦琐，写出来告知未曾做过八股文的朋友。

我从十七岁起，就自由的读“考据”“词章”等书籍，不再练习八股文了。

我的读书经验

我自十余岁起，就开始读书；读到现在，将满六十年了；中间除大病或其他特别原因外，几乎没有一日不读点书的，然而我没有什么成就，这是读书不得法的缘故。我把不得法的概略写出来，可以作前车之鉴。

我的不得法，第一是不能专心。我初读书的时候，读的都是旧书，不外乎考据、词章两类。我的嗜好，在考据方面，是偏于诂训及哲理的，对于典章名物，是不大耐烦的；在词章上，是偏于散文的，对于骈文及诗词，是不大热心的。然而以一物不知为耻，种种都读；并且算学书也读，医学书也读，都没有读通。所以我曾经想编一部说文声系义证，又想编一本《公羊春秋大义》，都没有成书。所为文辞，不但骈文诗词，没有一首可存的，就是散文也太平凡了。到了四十岁以后，我开始学德文，后来又学法文，我都没有好好儿做那记生字、练文法的苦工，而就是生吞活剥的看书，所以至今不能写一篇合格的文章，作一回短期的演说。在德国进大学听讲以后，哲学史、文学史、文明史、心理学、美学、美术史、民族学统统去听，那时候，这几类的参考书，也就乱读起来了。后来虽勉自收缩，以美学与美术史为主，辅以民族学；然而他类的书终不能割爱，所以想译一本美学，想编一部比较的民族学，也都没有成书。

我的不得法，第二是不能勤笔。我的读书，本来抱一种利己主义，就是书里面的短处，我不大去搜寻他，我止注意于我所认为有用的或可爱的材料。这本来不算坏，但是我的坏处，就是我虽读的时候注意于这几点，但往往为速读起见，无暇把这几点摘抄出来，或在书上做一点特别的记号。若是有时候想起来，除了德文书检目特详，尚易检寻外，其他的书，几乎不容易寻到了。我国现虽有人编“索引”“引得”等等，又专门的辞典，也逐渐增加，寻检自然较易，但各人有各自的注意点，普通的检目，断不能如自己记别的方便。我尝见胡适之先生有一个时期，出门常常携一两本线装书，在舟车上或其他忙里偷闲时翻阅，见到有用的材料，就折角或以铅笔作记号。我想他回家后或者尚有摘抄的手续。我记得有一部笔记，说王渔洋读书时，遇有新隽的典故或词句，就用纸条抄出，贴在书斋壁上，时时览读，熟了就揭去，换上新得的。所以他记得很多。这虽是文学上的把戏，但科学上何尝不可以仿作呢？我因为从来懒得动笔，所以没有成就。

我的读书的短处，我已经经验了许多的不方便，特地写出来，望读者鉴于我的短处，第一能专心，第二能勤笔。这一定有许多成效。

我青年时代的读书生活

我五岁零一个月（旧法算是六岁）就进家塾读书，初读的是《百家姓》《千字文》《神童诗》等，后来就读《大学》《中庸》《论语》《孟子》等四书，最后读《诗经》《书经》《周易》《小戴礼记》《春秋左氏传》。当我读《礼记》（《小戴礼记》的省称）与《左传》（《春秋左氏传》之省称）的时候，我十三岁，已经学作八股文了。那时我的业师，是一位老秀才王子庄先生。先生博览明清两朝的八股文，常常讲点八股文家的故事，尤佩服吕晚村先生，把曾静案也曾详细的讲过。先生也常看宋明儒的书，讲点朱陆异同，最佩服的是刘蕺山先生，所以自号仰蕺山房。先生好碑帖，曾看《金石萃编》等书。有一日，先生对一位朋友，念了“你半推半就，我又惊又爱”两句话，我们同学里面，有一位年纪大一点的，笑着说：“先生念了《西厢》的淫词了。”先生自己虽随便看书，而对于我们未成秀才的学生，除经书外，却不许乱看书。有一日，我借得一本《三国志演义》，看了几页，先生看见了，说：“看不得，陈寿《三国志》，你们现在尚不可看，况且《演义》里边所叙的事，真伪参半，不看为妙。”有一日，我借到一本《战国策》，也说看不得。先生的意思，我们学作小题文时，用字都要出于经书；若把

《战国策》一类书中的词句用进去，一定不为考官所取。所以那时我们读书专为考试起见，即如《礼记》里面关乎丧礼的各篇各节，都删去不读，因为试官均有忌讳，决不出丧礼的题目；这样的读书，照现代眼光看来，真有点可怪了。

我十六岁，考取了秀才，我从此不再到王先生处受业，而自由读书了。那时我还没有购书的财力，幸而我第六个叔父茗珊先生有点藏书，我可以随时借读，于是我除补读《仪礼》《周礼》《春秋公羊传》《穀梁传》《大戴礼记》等经外，凡关于考据或词章的书，随意检读，其中最得益的，为下列各书：

一、朱骏声氏《说文通训定声》。清儒治《说文》最勤，如桂馥氏《说文义证》、王筠氏《说文句读及释例》，均为《说文》本书而作；段玉裁氏《说文解字注》，已兼顾本书与解经两方面，只有朱氏，是专从解经方面尽力。朱氏以引申为转注，当然不合，但每一个字，都从本义、引申、假借三方面举出例证；又设为托名标帜，与各类连语等词类，不但可以纠正唐李阳冰、宋王安石等只知会意不知谐声的错误，而且于许慎氏所采的阴阳家言如对于天干、地支与数目的解说，悉加以合理的更正；而字的排列，以所从的声相联；字的分部以古韵为准；检阅最为方便。我所不很满意的，是他的某叚为某，大半以臆见定之；我尝欲搜集经传中声近相通的例证，替他补充，未能成书，但我所得于此书的益处，已不少了。

二、章学诚氏《文史通义》。章先生这部书里面，对于搭空架子、抄旧话头的不清真的文弊，指摘狠详。对于史法，主张先有极繁博的长编，而后可以有圆神的正史。又主张史籍中人地名等均应有详细的检目，以备参考；我在二十余岁时，曾约朋友数人，试编二十四史检目（未成书）；后来兼长国史馆时，亦曾指定编辑员数人试编此种检目（亦未成书），都是受章先生影响的。

三、俞正燮氏《癸巳类稿》及《癸巳存稿》。俞先生此书，对于诂训、掌故、地理、天文、医学、术数、释典、方言，都有详博的考证。对于不近人情的记述，常用幽默的语调反对他们，读了觉得有趣得很。俞先生认一时代有一时代的见解与推想，不可以后人的见解与推想去追改他们，天算与声韵，此例最显，这就是现在胡适之、顾颉刚诸先生的读史法。自《易经》时代以至于清儒朴学时代，都守着男尊女卑的成见，即偶有一二文人，稍稍为女子鸣不平，总也含有玩弄等的意味；俞先生作《女子称谓贵重》《姬姨》《娣姒义》《妒非女人恶德论》《女》《释小补楚语笄内则总角义》《女吊婿驳义》《贞女说》《亳州志木兰事书后》《尼庵议》《鲁二女》《息夫人未言义》《书旧五代史僭伪列传后》《易安居士事辑》《书旧唐书舆服志后》《除乐户丐户籍及女乐考附古事》《家妓官妓旧事》等篇，从各方面证明男女平等的理想。《贞女说》篇谓："男儿以忠义自责则可耳，妇女贞烈，岂是男子荣耀也？"《家妓官妓旧事》篇，斥杨诚斋黥妓面，孟之经文妓鬓为"虐无告"，诚是"仁人之言"。我至今还觉得有表章的必要。

我青年时代所喜读的书，虽不止这三部，但是这三部是我深受影响的，所以提出来说一说。

在中国科学社公祝蔡元培七秩寿宴上的演说词

今天承诸位社友赐予盛宴，并致祝词，实不敢当。

诸君今年大家多一岁，都应当庆祝，人生在世，一百二十岁为上寿，一百岁为中寿，八十岁才称下寿。只有社会的寿最长，可以祝万岁。中国科学社到现在虽只有二十多岁年龄，但外国学会在百年以上者很多，法兰西学院已到三百年，故学会也是万寿无疆的。今以长寿的团体来祝个人，真是荣幸。

我幼时读孔子七十岁时的生命叙述，倘使与他比较，真是惭愧。孔子说："我十有五而志于学。"我十五岁还在私塾读书，当时考得取秀才叫做进学，所谓志于学只好算志在进学而已。"三十而立"，不知何解。有一位八股先生说："圣人至两十五之年，虽有椅子、板凳而不敢坐者也。"我在三十岁的时候，只好坐坐冷板凳，适与孔子相反。"四十而不惑"，也不知作何解，孟子解释为不动心。记得清曾国藩在治军时，幕府中有一位风流秘书李次青，甚为曾所赏识。一日，李在签室，偶见案头置一册，信手翻之，首列一题曰《不动心说》，盖幕宾所做的。中有曰："今使置吾于曼妙娥眉之前，越女在左，燕姬在右，当此之时，动心否乎？曰不动。今使置我于红蓝大顶之旁，锦绣在前，刀锯在后，当此之时，动心否乎？曰不动。"李阅至此，不觉大笑，取笔题其后曰："曼妙蛾眉侧，红蓝大顶旁，此心都不动，只想骗中堂。"我四十岁是到德国的第一年，还在求学，红顶花翎当然谈不到。"五十而知天命"，孟子解释为莫之致而致，莫之为而为。我五十岁是在民国五年，当时在欧洲，得教育部电报，嘱我回国办北大。因为我领用教部官费，不得不回，乃于民六春在北大任事。在欧洲时实想不到办北大，真是所谓莫之致而致，莫之为而为了。"六十而耳顺"，元朝施耐庵解释为顺风耳，或者就是德律风之类。我六十岁时在上海，奉到南昌行营之命，赴宁波开政治分会会议，上海预备去的有七八十人。那时浙江风声很不好，蒋梦麟、陈独秀等都劝我勿去，但我一切已预备好，仍然动身。后来到底从宁波雇了渔船亡命到福州，一切消息都不通。这都是因为没有顺风耳的缘故，否则宁波也不去了。"七十而从心所欲，不逾矩"，解释是，一有念头，随便可以行动，做得总是对的。孔子是圣人，做得到。我是决做不到的。

马先生的勉励，敬谨接受，并祝大家新年康乐！

整顿北京大学的经过

——在南京北大同学聚餐会上的演说词

今天北大同人会集于此，替我祝寿，得与诸先生、诸同学相见，我心甚为愉快，但实觉得不敢当。刚才听得主席王同学报告，及前教授石先生等致词，均属极恳挚的勉励和奖誉之言，真叫我于感激之余，惭愧的了不得。我今年实在还未到七十岁的足数日子，记得蘧伯玉有句话："行年五十，当知四十九年之非。"我今年就算七十，那么今是昨非之感，恐怕不过是六十九年的种种错误罢了。自今以后，极愿至其余年，加倍努力于党国及教育文化事业，以为报答，并希冀借此稍赎过愆。

今日在座者，皆北大有关系之人，请略说当年北大情形。北大在民元以前叫做京师大学堂，包有师范馆、仕学馆、译学馆等部分，我当时也曾任译学馆教员，是为我服务北大之始。尔后我因赴德国留学，遂与北大脱离。至民五冬，我在法国，接教育部电促回国，任北大校长。我回来，初到上海，有人劝我不必就职，说北大腐败极了，进去若不能整顿，反于自己的声名有碍。这当然出于爱我的意思。但也有少数人就说，既然知道北大腐败，更应进去整顿，就是失败，也算尽了心。这也是我不入地狱谁入地狱的意思。我到底服从后说而进北京。

自入北大以后，乃计议整顿北大的办法：第一，我拟办的是设立研究所，为教授、留校毕业生与高年级学生的研究机关。我在译学馆的时候，就晓得北京学生的习惯，他们平日对于学问上并没有什么兴会，只求年限满后，可以得到一张毕业文凭。教员自己也是不讲进修的，尤其是北大的学生，从京师大学堂老爷式学生嬗继下来，他们的目的不但在毕业，而尤重毕业以后的出路。所以专门研究学术的教员，他们不见得欢迎；若使一位政府有地位的人来兼课，虽然时常请假，他们还是攀附得很，因为毕业后有阔老师做靠山。这种科举时代遗留下来的劣根性，是于求学上很有妨碍的。所以我到校后第一次演说，就说明“大学生当以研究学术为天职，不当以大学为升官发财之阶梯”。然而这类习惯费了多少年打破工夫，终不免留下遗迹。

第二件事就是所谓开放女禁。其实中国大学无所谓女禁，像英国牛津等校似的。民九，有女学生要求进校，以考期已过，姑录为旁听生。及暑假招考，就正式招收女生。有人问我：“兼收女生是否创制新法？”我说：“教育部的大学令，并没有专收男生的条文；从前女生不抗议，所以不招女生，现在女生来要求，而程度又够得上大学，就没有拒绝的理由。”这是我国大学男女同学的开始。稍后，孔德学校也有女学生，于是各中小学逐渐招收她们了。我一向是主张男女平等的，可惜今天到会的女同学，只有赵、谭、曹三位，仍觉得比男同学少得多。

第三件我提倡的事，就是变更文体，兼用白话，但不攻击文言。我本来不赞成董仲舒罢黜百家，独尊孔子一类的主张，因为学术上的派别也和政治上的派别一样，是相对的，不是永远不相容的。在北大当时，胡适之、陈仲甫、钱玄同、刘半农诸君，暨沈氏兄弟，积极的提倡白话文学；刘师培、黄季刚诸君，极端维护文言。我却相信，为应用起见，白话文必要盛行，我也常常做白话文，替白话文鼓吹；然而，我曾声明，作美术文，用文言未尝不好。例如我们写字，为应用起见，自然要写行楷，若如江艮庭的篆隶写药方，当然不可；若是为人写斗方或屏联作装饰品，即写篆隶章草，有何妨害。可是文言、白话的分别适用，到如今依然没有各得其当。

以上系我在北大时举办的或提倡的几件较大的事情。其他如注意美育，提倡军训，培养学生对于国家及人类的正确观念，都是没有放松。只可惜上述这些理想，总没有完全实现。可见个人或少数人的力量，终是有限。综计我居北大校长名义，自民六至民十五，共十年有半，而实际办事，不过五年有半，所成就者仅仅如是。一经回忆，对于知我罪我，不胜惭悚！

今天在座的，年龄皆少于我，未来服务于国家社会的机会正多，发展无量。况且以诸位的年龄，合计不知几千百倍于本人，而预料诸位将来达于七十岁的时候，对于国家社会的贡献，更不知将几千百倍于本人；所以今天诸位先生与同学以祝我的，我谨以还祝诸位健康。

辛亥那一年

辛亥是我留德的第五年。我于丁未五月间经西伯里亚往德国。到柏林后，始知有徐伯荪先烈刺恩铭于安庆，及秋竞雄先烈等在绍兴遇害之事。上海报载问官说：“汝受孙文指使么？”（大意如此。）徐先烈说：“我运动革命，已二十年，还要受别人指使么？”驻德孙慕韩公使读到此，有点寒心，乃强作解嘲语说：“革命党真是大言不惭。”

自丁未到辛亥五年间，差不多年年都有惊人的大事。例如丁未七月间，孙先生有钦廉之役。十一月，又有镇南关之役。戊申三月，有河口之役。是年十月，有熊成基先生在安庆起义。庚戌，有汪精卫先生刺载沣之事。至于辛亥三月间，温生才先生刺杀孚琦，黄花岗七十二烈士殉难，于是促成八月十九日之起义，而告一大结束。我也于是年回国了

辛亥八月中旬（阳历十月初旬），德国大学的暑假尚未完，而中学已开课。我因几位德国朋友的介绍，往维铿斯多中学参观。这中学是私立的，是较为革新的，在课程上，重顿悟不重记诵；在训育上，尚感化不尚拘束，于会食前，诵一条世界名人格言，以代宗教式祈祷；注重音乐，除平时练习外，每星期必有一次盛大的演奏；学生得举行茶会，邀教员及男女同学谈话。我寄

住在此校教员宿舍中，历一星期，觉得他们合理化的生活，是很有趣的。

我在此校住了一星期，忽见德国报纸上，载有武汉起义的消息。有一德国朋友问我：这一次的革命，是否可以成功？我答以必可成功，因为革命党预备已很久了。不久，又接到吴稚晖先生一函（自伦敦来，或自巴黎来，我此时记不清了），以武汉消息告我，并言或者是一大转机，我辈均当尽力助成（大意如此）。我于是先到柏林，每日总往同学会，与诸同学购报传观，或集资发电，大家都很热烈的希望各省响应就是了。同学中，有一位刘庆恩君，稍稍做了一点可资谈助的事：同学会中，本有两面小龙旗，插在案上花瓶中。有一日，刘君把这龙旗扯破了，他去备了两面五色旗来替他。又有一日，来了一位使馆的秘书，带笑带说道："袁宫保出来了，革命军势孤了！"仿佛很得意的样子。刘君骂道："放屁！"就打他一个耳光，别人赶紧劝开，那秘书也止好悄悄的去了。

我在柏林住了一个月光景，接陈英士先生电报，催我回国，我就从西伯里亚回来。到上海，正是黄克强先生由汉口来上海的时候，孙先生还没有到。有一日，说是有一个省代表会，将于第二日举大元帅，大约举黎宋卿先生的多一点。我因为听说黎先生本来不是赞成起义的，又那时候很有与北军妥协的消息，觉得举黎不妥，特地到汤蛰仙先生处，同他磋商，适章太炎先生亦在座，详细讨论，彼等亦赞成我举黄的提议。但汤先生不肯于第二日直接举黄，而要求我亦到会，于会中推我为代表而投票举黄。不知何以要有如此曲折，我那时也不求甚解而允之。第二日，开选举会，依汤先生所定之手续，我投票举黄，章先生及其他有选举权者，皆举黄，盖事前受章、汤两先生疏通了。大元帅举定后，章先生忽起立，垂涕而道，大意说："黎先生究系首难的人物，不可辜负他，现在大元帅既选定，请设一副元帅，并举黎先生任之。"全体赞成。

那时候，又有一段新闻，关于辜汤生先生的事。自武昌起义以后，望平街各报馆每日发好几次传单，并在馆门口用大字誊写，藉示行人，于是望平街有人山人海之状。辜先生那时正在南洋公学充教员，乃撰一英文论说，送某报，责问公共租界工部局，谓："望平街交通阻滞，何以不取缔？"南洋公学学生阅之，认辜先生含有反革命意，乃于辜来校时，包围而诘责之。辜说："言论本可自由，汝等不佩服我，我辞职。"学生鼓掌而散，辜亦遂不复到校。此为我回国以后所闻，未知确否。

我在五四运动时的回忆

民国五年的冬季，我正在法国，接到教育部的电报，要我回国任北大校长。本来，在民元我长教育部以前，那时名叫京师大学堂，我便在那大学堂一部分的译学馆任国文及西洋史的教员。现在要我来任北大校长，我算是第二次为北大服务了。

当我从法国回到上海的时候，友人中劝不必就职的颇多，说北大太腐败，进去了，若不能整顿，反于自己的声名有碍。这当然是出于爱我的意思。但也有些朋友说：既然知道他的腐败，更应进去整顿，就是失败，也算尽了心。这也是爱人以德的说法。我到底接受了后说，到北大来。

到北大以后，我们第一要改革的是学生的观念。我在译学馆教书的时候，就知道北京学生的习惯，他们平日对于学问上并没有什么兴会，只要年限满后，可以得到一张毕业文凭，便算功德完满了。尤其北京大学的学生，是从京师大学堂"老爷"式学生嬗继下来。他们的目的，不但在毕业，而尤注重在毕业以后的出路。所以我到校第一次演说，就说明"大学生当以研究学术为天职，不当以大学为升官发财之阶梯"。然而要打破这些习惯，只有从聘请积学而热心的教授着手。

因此，我到北大，由医专校长汤尔和君的介绍，便首先聘请了主编《新青年》的陈独秀君任北大文科学长，同时在《新青年》上，我们认识了留美的胡适之君，他回国后，即请他到北大任教职。

五四运动发生的时候，我对于学生运动素有一种成见，以为学生在学校里面，应以求学为最大目的，不应有何等政治组织。其有年在二十岁以上、对于政治有特殊兴趣者，可以个人资格，参加政治团体，不必牵涉学校。所以民国七年夏间，北京各校学生曾为外交问题，结队游行，向总统府请愿，当北大学生出发时，我曾力阻他们，而他们一定要参加，我因此引咎辞职，经慰留而罢。

到八年五月四日，学生不签字于《巴黎和约》与罢免亲日派曹、陆、章的主张，仍以结队游行为表示，我也就不去阻止他们了。他们因愤激的缘故，遂有焚曹汝霖住宅及攒殴章宗祥的事。学生被警厅逮捕者数十人，各校皆有，而北大的学生居多数。我与各专门学校的校长向警厅力保，始释放。但被拘的虽已保释，而学生尚抱再接再厉的决心，政府亦且持不做不休的态度。都中喧传政府将明令免我职，而以马其昶君任北大校长，我恐若因此增加学生对于政府的纠纷，我个人且将有运动学生保持地位的嫌疑，不可以不速去，乃一面呈政府引咎辞职，一面秘密出京，时为五月九日。

我离京之时，学生仍每日分队出去演讲，政府逐队逮捕，因人数太多，就把学生都监禁在北大第三院。北京学生受了这样大的压迫，于是引起全国学生的罢课，而且引起各大都会工商界的同情与公愤，将以罢工、罢市为同样的要求。政府知势不可侮，乃释放被逮诸生，并决定不签和约，罢免曹、章、陆。于是，五四运动的目的完全达到了。

虽然五四运动的目的既达，北京各校的秩序均恢复，独北大因校长辞职问题又起多少纠纷。政府曾一度任命胡次珊君继任，而为学生所反对，不能到校。各方面需要我复职。我离校时本预定决不回去，不但为校务的困难，实因校务以外，常常有许多不相干的缠绕，度一种劳苦而无功的生活。

但是，隔了几个月，校中的纠纷，仍在非我回校不能解决的状态中，我不得已，乃允回校。回校以前，先发表《告北京大学学生及全国学生联合会书》，告以学生救国，重在研究学术，不可常常为救国运动而牺牲。至此，北大因五四运动而起的纠纷才算平息了。

教育部总长蔡元培对于新教育之意见

近日在教育部与诸同人新草学校法令，以为征集高等教育会议之预备，颇承同志饷以说论。顾关于教育方针者殊寡，辄先述鄙见以为喤引，幸海内教育家是正之。

教育有二大别：曰隶属于政治者，曰超轶乎政治者。专制时代（兼立宪而含专制性质者言之），教育家循政府之方针以标准教育，常为纯粹之隶属政治者。共和时代，教育家得立于人民之地位以定标准，乃得有超越政治之教育。

清之季世，隶属政治之教育，腾于教育家之口者，曰军国民教育。夫军国民教育者，与社会主义僢驰，在他国已有道消之兆。然在我国，则强邻逼处，亟图自卫，而历年丧失之国权，非凭藉武力，势难恢复。且军人革命以后，难保无军人执政之一时期，非行举国皆兵之制，将使军人社会，永为全国中特别之阶级，而无以平均其势力。则如所谓军国民教育者，诚今日所不能不采者也。

虽然，今之世界，所恃以竞争者，不仅在武力，而尤在财力。是武力之半，亦由财力而孳乳。于是有第二之隶属政治者，曰实利主义之教育，以人民生计为普通教育之中坚。其主张最力者，至以普通学术，悉寓于树艺、烹饪、裁缝及金、木、土工之中。此其说创于美洲，而近亦盛行于欧陆。我国地宝分发，实业界之组织尚幼稚，人民失业者至多，而国甚贫。实利主义之教育，固亦当务为急者也。

是二者，所谓疆兵富国之主义也。顾兵可强也，然或溢而为私斗，为侵略，则奈何？国可富也，然或不免知欺愚，强欺弱，而为贫富悬绝，资本家与劳动家血战之惨剧，则奈何？曰教之以公民道德。何谓公民道德？曰法兰西之革命也，所标揭者，曰自由、平等、亲爱。道德之要旨，尽于是矣。孔子曰，匹夫不可夺志。孟了口，大丈夫者，富贵不能淫，贫贱不能移，威武不能屈。自由之谓也。古者盖谓之义。孔子曰，己所不欲，勿施于人。子贡曰，我不欲人之加诸我也，吾亦欲毋加诸人。《礼记·大学》记曰，所恶于前，毋以先后；所恶于后，毋以从前；所恶于右，毋以交于左；所恶于左，毋以交于右。平等之谓也。古者盖谓之恕。自由者，就主观而言之也。然我欲自由，则亦当尊人之自由，故通于客观。平等者，就客观而言之也。然我不以不平等遇人，则亦不容人之以不平等遇我，故通于主观。二者相对而实相成，要皆由消极一方面言之。苟不进之以积极之道德，则夫吾同胞中，因有因生禀之不齐，境遇之所迫，企自由而不遂，求与人平等而不能者。将一切恝置之，而所谓自由若平等之量，仍不能无缺陷。孟子曰，鳏寡孤独，天下之穷民而无告者也。张子曰，凡天下疲癃残疾茕独鳏寡，皆吾兄弟之颠连而无告者也。禹思天下有溺者，由己溺之。稷思天下有饥者，由己饥之。伊尹思天下之人，匹夫匹妇有不与被尧舜之泽者，若已推而纳之沟中。孔子曰，己欲立而立人，己欲达而达人。亲爱之谓也。古者盖谓之仁。三者诚一切道德之根源，而公民道德教育之所有事者也。

教育而至于公民道德，宜若可为最终之鹄的矣。曰未也。公民道德之教育，犹未能超轶乎政治者也。世所谓最良政治者，不外乎以最大多数之最大幸福为鹄的。最大多数者，积最少数之一人而成者也。一人之幸福，丰衣足食也，无灾无害也，不外乎现世之幸福。积一人幸福而为最大多数，其鹄的犹是。立法部之所评议，行政部之所执行，司法部之所保护，如是而已矣。即进而达《礼运》之所谓大道为公，社会主义家所谓未来之黄金时代，人各尽所能，而各得其所需要，亦不外乎现世之幸福。盖政治之鹄的，如是而已矣。一切隶属政治之教育，充其量亦如是而已矣。

虽然，人不能有生而无死。现世之幸福，临死而消灭。人而仅仅以临死消灭之幸福为鹄的，则所谓人生者有何等价值乎？国不能有存而无亡，世界不能有成而无毁，全国之民，全世界之人类，世世相传，以此不能不消灭之幸福为鹄的，则所谓国民若人类者，有何等价值乎？且如是，则就一人而言之，杀身成仁也，舍生取义也，舍己而为群也，有何等意义乎？就一社会而言之，与我以自由乎，否则与我以死，争一民族之自由，不至沥全民族最后之一滴血不已，不至全国为一大家不已，有何等意义乎？且人既无一死生破利害之观念，则必无冒险之精神，无远大之计划，见小利，急近功，则又能保其不为失节堕行身败名裂之人乎？谚曰，当局者迷，旁观者清。非有出世间之思想者，不能善处世间事，吾人即仅仅以现世幸福为鹄的，犹不可无超轶现世之观念，况鹄的不止于此者乎？

以现世幸福为鹄的者，政治家也；教育家则否。盖世界有二方面，如一纸之有表里：一为现象，一为实体。现象世界之事为政治，故以造成现世幸福为鹄的；实体世界之事为宗教，故以摆脱现世幸福为作用。而教育者，则立于现象世界，而有事于实体世界者也。故以实体世界之观念为其究竟之大目的，而以现象世界之幸福为其达到于实体观念之作用。

然则现象世界与实体世界之区别何在耶？曰，前者相对，而后者绝对；前者范围于因果律，而后者超轶乎因果律；前者与空间时间有不可离之关系，而后者无空间时间之可言；前者可以经验，而后者全恃直观。故实体世界者，不可名言者也。然而既以是为观念之一种矣，则不得不强为之名，是以或谓之道，或谓之太极，或谓之神，或谓之黑暗之意识，或谓之无识之意志。其名可以万殊，而观念则一。虽哲学之流派不同，宗教家之仪式不同，而其所到达之最高观念皆如是。（最浅薄之唯物论哲学，及最幼稚之宗教祈长生求福利者，不在此例。）

然则，教育家何以不结合于宗教，而必以现象世界之幸福为作用？曰，世固有厌世派之宗教若哲学，以提撕实体世界观念之故，而排斥现象世界。固以现象世界之文明为罪恶之源，而一切排斥之者。吾以为不然。现象实体，仅一世界之两方面，非截然为互相冲突之两世界。吾人之感觉，既托于现象世界，则所谓实体者，即在现象之中，而非必灭乙而后生甲。其现象世界间所以为实体世界之障碍者，不外二种意识：一、人我之差别；二、幸福之营求是也。人以自卫力不平等而生强弱，人以自存力不平等而生贫富。有强弱贫富，而彼我差别之意识起。弱者贫者，苦于幸福之不足，而营求之意识起。有人我，则于现象中有种种之界画，而与实体违。有营求，则当其未遂，为无已之苦痛。及其既遂，为过量之要索。循环于现象之中，而与实体隔。能剂其平，则肉体之享受，纯任自然，而意识界之营求泯，人我之见亦化。合现象世界各别之意识为浑同，而得与实体吻合焉。故现世幸福，为不幸福之人类到达于实体世界之一种作用，盖无可疑者。军国民、实利两主义，所以补自卫自存之力之不足。道德教育，则所以使之互相卫互相存，皆所以泯营求而忘人我者也。由是而进以提撕实体观念之教育。

提撕实体观念之方法如何？曰，消极方面，使对于现象世界，无厌弃而亦无执着；积极方面，使对于实体世界，非常渴慕而渐进于领悟。循思想自由言论自由之公例，不以一流派之哲学一宗门之教义梏其心，而惟时时悬一无方体无始终之世界观以为鹄。如是之教育，吾无以名之，名之曰世界观教育。

虽然，世界观教育，非可以旦旦而聒之也。且其与现象世界之关系，又非可以枯槁单简之言说袭而取之也。然则何道之由？曰美感之教育。美感者，含美丽与尊严而言之，介乎现象世界与实体世界之间，而为津梁。此为康德所创造，而嗣后哲学家未有反对之者也。在现象世界，凡人皆有爱恶惊惧喜怒悲乐之情，随离合生死祸福利害之现象而流转。至美术则即以此等现象为资料，而能使对之者，自美感以外，一无杂念。例如采莲煮豆，饮食之事也，而一入诗歌，则别成兴趣。火山赤舌，大风破舟，可骇可怖之景也，而一入图画，则转堪展玩。是则对于现象世界，无厌弃而亦无执著也。人既脱离一切现象世界相对之感情，而为浑然之美感，则即所谓与造物为友，而已接触于实体世界之观念矣。故教育家欲由现象世界而引以到达于实体世界之观念，不可不用美感之教育。

五者，皆今日之教育所不可偏废者也。军国民主义，实利主义，德育主义三者，为隶属于政治之教育。（吾国古代之道德教育，则间有兼涉世界观者，当分别论之。）世界观、美育主义二者，为超轶政治之教育。

以中国古代之教育证之，虞之时，夔典乐而教胄子以九德，德育与美育之教育也。《周官》以乡三物教万民，六德六行，德育也。六艺之射御，军国民主义也；书数，实利主义也；礼为德育；而乐为美育。以西洋之教育证之，希腊人之教育为体操与美术，即军国民主义与美育也。欧洲近世教育家，如海尔巴脱氏纯持美育主义。今日美洲之德弗伊派，则纯持实利主义者也。

以心理学各方面衡之，军国民主义毗于意志；实利主义毗于知识；德育兼意志情感二方面；美育毗于情感；而世界观则统三者而一之。

以教育界之分言三育者衡之，军国民主义为体育；实利主义为智育；公民道德及美育皆毗于德育；而世界观则统三者而一之。

以教育家之方法衡之，军国民主义、世界观、美育，皆为形式主义；实利主义为实质主义；德育则二者兼之。

譬之人身：军国民主义者，筋骨也，用以自卫；实利主义者，胃肠也，用以营养；公民道德者，呼吸机循环机也，周贯全体；美育者，神经系也，所以传导；世界观者，心理作用也，附丽于神经系，而无迹象之可求。此即五者不可偏废之理也。

本此五主义而分配于各教科，则视各教科性质之不同，而各主义所占之分数，亦随之而异。国语国文之形式，其依准文法者属于实利，而依准美词学者，属于美感。其内容则军国民主义当占百分之十，实利主义当占其四十，德育当占其二十，美育当占其二十五，而世界观则占其五。

修身，德育也，而以美育及世界观参之。

历史、地理，实利主义也。其所叙述，得并存各主义。历史之英雄，地理之险要及战绩，军国民主义也；记美术家及美术沿革，写各地风景及所出美术品，美育也；记圣贤，述风俗，德育也；因历史之有时期，而推之于无终始，因地理之有涯涘，而推之于无方体，及夫烈士、哲人、宗教家之故事及遗迹，皆可以为世界观之导线也。

算学，实利主义也，而数为纯然抽象者。希腊哲人毕达哥拉士以数为万物之原，是亦世界观之一方面；而几何学各种线体，可以资美育。

物理化学，实利主义也。原子电子，小莫能破，爱耐而几（Energy），范围万有，而莫知其所由来，莫穷其所究竟，皆世界观之导线也；视官听官之所触，可以资美感者尤多。

博物学，在应用一方面，为实利主义；而在观感一方面，多为美感。研究进化之阶段，可以养道德，体验造物之万能，可以导世界观。

图画，美育也，而其内容得包含各种主义：如实物画之于实利主义，历史画之于德育是也。其至美丽至尊严之对象，则可以得世界观。

唱歌，美育也，而其内容，亦可以包含种种主义。

手工，实利主义也，亦可以兴美感。

游戏，美育也；兵式体操，军国民主义也；普通体操，则兼美育与军国民主义二者。

上之所著，仅具□较，神而明之，在心知其意者。

清延时代，有所谓钦定教育宗旨者，曰忠君，曰尊孔，曰尚公，曰尚武，曰尚实。忠君与共和政体不合，尊孔与信教自由相违（孔子之学术，与后世所谓儒教、孔教当分别论之。嗣后教育界何以处孔子，及何以处孔教，当特别讨论之，兹不赘），可以不论。尚武，即军国民主义也。尚实，即实利主义也。尚公，与吾所谓公民道德，其范围或不免有广狭之异，而要为同意。惟世界观及美育，则为彼所不道，而鄙人尤所注重，故特疏通而证明之，以质于当代教育家，幸教育家平心而讨论焉。

在北京就任教育总长与部员谈话

学务之困难，由于学生程度不齐，加以前清办学之种种糜费，其细情不外奢、纵二字。现在入手办法，拟先将中学以上官、公、私立学校，严加归并，裁汰冗员，严定章程，以便早日开学。国家无论如何支绌，教育费万难减少。无已，惟有力行节俭，以为全国倡，亦拟自中学以上始。其所撙节之款，以之多办初、高两等小学，渐立普及教育基础，一洗前清积习。

世界观与人生观

世界无涯涘也，而吾人乃于其中占有数尺之地位；世界无终始也，而吾人乃于其中占有数十年之寿命；世界之迁流，如是其繁变也，而吾人乃于其中占有少许之历史。以吾人之一生较之世界，其大小久暂之相去，既不可以数量计；而吾人一生，又决不能有几微遁出于世界以外。则吾人非先有一世界观，决无所容喙于人生观。

虽然，吾人既为世界之一分子，决不能超出世界以外，而考察一客观之世界，则所谓完全之世界观，何自而得之乎？曰，凡分子必具有全体之本性；而既为分子，则因其所值之时地而发生种种特性；排去各分子之特性，而得一通性，则即全体之本性矣。吾人为世界一分子，凡吾人意识所能接触者，无一非世界之分子。研究吾人之意识，而求其最后之原素，为物质及形式。物质及形式，犹相对待也。超物质形式之畛域而自在者，惟有意志。于是吾人得以意志为世界各分子之通性，而即以是为世界之本性。

本体世界之意志，无所谓鹄的也。何则？一有鹄的，则悬之有其所，达之有其时，而不得不循因果律以为达之之方法，是仍落于形式之中，含有各分子之特性，而不足以为本体。故说者以本体世界为黑暗之意志，或谓之盲瞽之意志，皆所以形容其异于现象世界各各之意志也。现象世界各各之意志，则以回向本体为最后之大鹄的。其间接以达于此大鹄的者，又有无量数之小鹄的。各以其间接于最后大鹄的之远近，为其大小之差。

最后之大鹄的何在？曰，合世界之各分子，息息相关，无复有彼此之差别，达于现象世界与本体世界相交之一点是也。自宗教家言之，吾人固未尝不可于一瞬间，超轶现象世界种种差别之关系，而完全成立为本体世界之大我。然吾人于此时期，既尚有语言文字之交通，则已受范于渐法之中，而不以顿法，于是不得不有所谓种种间接之作用，缀辑此等间接作用，使厘然有系统可寻者，进化史也。

统大地之进史而观之，无机物之各质点，自自然引力外，殆无特别相互之关系。进而为有机之植物，则能以质点集合之机关，共同操作，以行其延年传种之作用。进而为动物，则又于同种类间为亲子朋友之关系，而其分职通功之例，视植物为繁。及进而为人类，则由家庭而宗族，而社会，而国家，而国际。其互相关系之形式，既日趋于博大，而成绩所留，随举一端，皆有自阂而通、自别而同之趋势。例如昔之工艺，自造之而自用之耳。今则一人之所享受，不知经若干人之手而后成。一人之所操作，不知供若干人之利用。昔之知识，取材于乡土志耳。今则自然界之记录，无远弗届。远之星体之运行，小之原子之变化，皆为科学所管领。由考古学、人类学之互证，而知开明人之祖先，与未开化人无异。由进化学之研究，而知人类之祖先与动物无异。是以语言、风俗、宗教、美术之属，无不合大地之人类以相比较。

而动物心理、动物言语之属，亦渐为学者所注意。昔之同情，及最近者而阻耳。是以同一人类，或状貌稍异，即痛痒不复相关，而甚至于相食。其次则死之，奴之。今则四海兄弟之观念，为人类所公认。而肉食之戒，虐待动物之禁，以渐流布。所谓仁民而爱物者，已成为常识焉。夫已往之世界，经其各分子之经营而进步者，其成绩固已如此。过此以往，不亦可比例而知之欤?

道家之言曰："知足不辱，知止不殆。"又曰："小国寡民，使有什伯之器而不用，使民重死而不远徙，虽有舟舆，无所乘之。虽有甲兵，无所陈之。使民复结绳而用之。甘其食，美其服，安其居，乐其俗。邻国相望，鸡狗之声相闻，民至老死而不相往来。"此皆以目前之幸福言之也。自进化史考之，则人类精神之趋势，乃适与相反。人满之患，虽自昔借为口实，而自昔探险新地者，率生于好奇心，而非为饥寒所迫。南北极苦寒之所，未必于吾侪生活有直接利用之资料，而冒险探极者踵相接。由椎轮而大辂，由桴槎而方舟，足以济不通矣；乃必进而为汽车、汽船及自动车之属。近则飞船、飞机，更为竞争之的。其构造之初，必有若干之试验者供其牺牲，而初不以及身之不及利用而生悔。文学家、美术家最高尚之著作，被崇拜者或在死后，而初不以及身之不得信用而辍业。用以知为将来牺牲现在者，又人类之通性也。

人生之初，耕田而食，凿井而饮，谋生之事，至为繁重，无暇为高上之思想。自机械发明，交通迅速，资生之具，日趋于便利。循是以往，必有菽粟如水火之一日，使人类不复为口腹所累，而得专致力于精神之修养。今虽尚非其时，而纯理之科学，高尚之美术，笃嗜者固已有甚于饥渴，是即他日普及之朕兆也。科学者，所以祛现象世界之障碍，而引致于光明。美术者，所以写本体世界之现象，而提醒其觉性。人类精神之趋向，既毗于是，则其所到达之点，盖可知矣。

然则进化史所以诏吾人者，人类之义务，为群伦不为小己，为将来不为现在，为精神之愉快而非为体魄之享受，固已彰明而较者矣。而世之误读进化史者，乃以人类之大鹄的，为不外乎其一身与种姓之生存，而遂以强者权利为无上之道德。夫使人类果以一身之生存为最大之鹄的，则将如神仙家所主张，而又何有于种姓？如曰人类固以绵延其种姓为最后之鹄的，则必以保持其单纯之种姓为第一义，而同姓相婚，其生不蕃。古今开明民族，往往有几许之混合者。是两者何足以为究竟之鹄的乎？孔子曰："生无所息。"庄子曰："造物劳我以生。"诸葛孔明曰："鞠躬尽瘁，死而后已。"是吾身之所以欲生存也。北山愚公之言曰："虽我之死，有子存焉。子又生孙，孙又生子，子又有子，子又有孙，子子孙孙，无穷匮也；而山不加增，何若而不平？"是种姓之所以欲生存也。人类以在此世界有当尽之义务，不得不生存其身体；又以此义务者非数十年之寿命所能竣，而不得不谋其种姓之生存；以图其身体若种姓之生存，而不能不有所资以营养，于是有吸收之权利。又或吾人所以尽义务之身体若种姓，及夫所资以生存之具，无端受外界之侵害，将坐是而失其所以尽义务之自由，于是有抵抗之权利。此正负两式之权利，皆由义务而演出者也。今曰吾人无所谓义务，而权利则可以无限。是犹同舟共济，非合力不足以达彼岸，乃强有力者以进行为多事，而劫他人所持之棹楫以为己有，岂非颠倒之尤者乎？

昔之哲人，有见于大鹄的之所在，而于其他无量数之小鹄的，又准其距离于大鹄的之远近，以为大小之差。于其常也，大小鹄的并行而不悖。孔子曰："己欲立而立人，己欲达而达人。"孟子曰："好乐，好色，好货，与人同之。"是其义也。于其变也，绌小以申大。尧知子丹朱之不肖，不足授天下。授舜则天下得其利而丹朱病，授丹朱则天下病而丹朱得其利。尧曰："终不以天下之病而利一人，而卒授舜以天下。"禹治洪水，十年不窥其家。孔子曰："志士仁人，无求生以害仁，有杀身以成仁。"墨子摩顶放踵，利天下为之。孟子曰："生与义不可得兼，舍生而取义。"范文正曰："一家哭，何如一路哭。"是其义也。循是以往，则所谓人生者，始合于世界进化之公例，而有真正之价值。否则庄生所谓天地之委形委蜕已耳，何足道也。

《勤工俭学传》序

孟子有言："一人之身，而百工之所为备，如必自为而后用之，是率天下而路也。"盖吾人一身之需要，未有不借他人所作之工以供给之者。顾吾人何以能受此供给而无愧？曰，吾人所作之工，亦所以供给他人之需要。通功易事，惟人人各作其工，斯人人能各得其所需。神农之教曰："一夫不耕，或受之饥；一女不织，或受之寒。"苟有一人焉，舍其工而弗事，则人类之中，必有受其弊者。是以作工为吾人之天职。

洒扫，至简单之工也，而《管子·弟子职》篇著其法；农圃，至普通之工也，而孔子自谓不如老农、老圃。工无大小，无繁简，鲜有不学而能者。故自古有师徒传受之制。而今之实业学校，及职业补习学校，几举吾人可作之工，而一一为教授之设备，是学而后工也。且古谚有之曰："巧者不过习者之门。"习于工者，往往能自出新意，符同学理。吴士德因煮水而悟蒸气之理，福格林因售药而窥化学之奥，比耳因织布而悟印花之术，工中自有学在也。然则吾人当作工时代，固已有预备之学力，而且即工即学，随在皆是，似无待他求焉。虽然，学之范围至广大，决非一工之能赅；而吾人嗜学之性，亦决不能以学之直接隶属于工者为限。吾之工，必以物质为原料，则矿学、生物学及化学之所关也；吾之作工必以力，则重学、机器学之所关也；吾之工必有数量，则数理之所关也；吾之工必有形彩，则美学之所关也；吾之工所以应他人之需要，则生理、心理、人类、社会等学之所关也。盖学之不属于工，而与工有密切关系者，所在皆是；吾苟择其性之所近者，而随时研究之，其能裨益于吾工者，决非浅鲜；而且令吾人作工之时，亦增无穷之兴趣，此决非吾人所可忽视也。且吾生有涯，而知也无涯。饥食渴饮，足以度日矣；而真理之饥渴，或甚于饮食。好好色，恶恶臭，足以表情矣；而美感之冲动，有余于色臭。例如发拉第业钉书，而特注意于书中之电学；都耐业理发，而好以其暇练习绘事。电学之于钉书，绘学之于理发，若不相涉也，而好学也若是。吾国古人有以桶匠而谈《易》者，有以饼师而吟诗者。《易》之于桶，诗之于饼，若不相涉也，而好学也若是。然则吾人之于即工即学以外，又不能无特别之学问，不可诬也。

虽然，通功易事，最完全之制，如吾人理想所谓"各尽所能，各取所需"者，尚未能见诸实行也；现今社会之通功易事，乃以工人之工作，取得普通之价值，而后以之购吾之所需。两者之间，往往不能得平均之度；于是以吾工之所得，易一切之需要，常惴惴然恐其不足焉。吾人于是济之以勤。勤焉者，冀吾工之所得，倍蓰于普通，而始有余力以求学也。顾勤之度终有际限，而学之需要，或相引而日增，则其道又穷。吾人于是又济之以俭。俭焉者，得由两方面而实行之：一则于吾人之日用，务撙节其不甚要者，使有以应用于学而无匮。弗拉克蒙欲赴罗马而习造象，与其妻日节衣食之费，五年而旅费乃足。律宾斯敦执业棉厂，而研究拉丁文及植物学、医学，所得工资，从不妄费，而悉以购书。是其例也。一则于学问之途，用其费省而事举者。书籍，学者所需也，吾力能购则购之，否则如伯律敦之借用于书肆，吴尔之借抄于友人，可也。仪器，学者所需也，吾力能购则购之，否则，如伯拉克之以一水锅、两寒暑表治热学，弗具孙之以毯一方、珠一串治星学，可也。勤于工作，而俭以求学如是，而犹不足以达吾好学之鹄的，宁有是理耶？

昔者李石曾君之创设豆腐公司于巴黎也，设为以工兼学之制，试之有效，乃提倡俭学会。俭学会者，专持以俭求学之主义者也。而其中有并匮于俭学之资者，乃兼工以济学。其与豆腐公司诸君，虽有偏重于学，及偏重于工之殊，而其为工学兼营则一也。继豆腐公司诸君而起者，有地浃泊“人造丝”厂诸君。人数渐增，范围渐广。于是李广安、张秀波、齐云卿诸君，按实定名，而有勤工俭学会之组织。由此勤于工作，而俭以求学之主义，益确实而昭彰矣。

李石曾君又有见于勤工俭学之举，由来已久，而其间著名之学者，各具有复杂之历史，不朽之精神，类皆足以资吾人之则效，而鼓吾人之兴会，爰采取而演述之，以为《勤工俭学传》，月印一册，华法对照，俾读者于修养德性之余，兼得研寻文字之益。其所演述，又不仅据事直书，而且于心迹醇疵之间，观察异同之点，悉以至新至正之宗旨，疏通而证明之，使勤工俭学之本义，昭然揭日月而行，而不致有歧途之误，意至善也。余既读其所述樊克林、敷莱尔、卢梭诸传，甚赞同之，因以所见，述勤工俭学会之缘起及其主义，以为之序。

大学校长蔡孑民就职之演说

五年前，严几道先生为本校校长时，予担任教授。开学日曾有所贡献于本校。诸君多自预科毕业而来，想必闻知。士别三日，刮目相见，况时阅数载，诸君较昔当必为长足之进步矣。予今长斯校，请更以三事为诸君告。

一曰抱定宗旨　诸君来此求学，必有一定宗旨，欲知宗旨之正大与否，必先知大学之性质。今人肄习专门学校，学成任事，此固势所必然，而在大学则不然。大学者，研究高深学问者也。外人每指摘本校之腐败，以求学于此者，皆有做官发财思想，存于胸臆。故毕业预科者，多入法科，入文科者甚少，盖以法科为干禄之终南捷径。因做官心热，对于教员，则不问其学问之浅深，惟问其官阶之大小。官阶大者，特别欢迎，盖为将来毕业有人提携也。现在我国精于政法者，多入政界，专任教授者甚少，故聘请教员，不得不聘请兼职之人，亦属不得已之举。究之外人指摘之当否，姑不具论。然弭谤莫如自修，人讥我腐败，而我不腐败，问心无愧，于我何伤？果欲达其做官发财之目的，则北京不少专门学校，入法科者尽可肄业法律学堂，入商科者亦可投考商业学校，又何必来此大学？所以诸君须抱定宗旨，为求学而来。入法科者，非为做官；入商科者，非为致富。宗旨既定，自趋正轨。诸君肄业于此，或三年，或四年，时间不为不多，苟能爱惜光阴，孜孜求学，则其造诣，容有底止。若徒志在做官发财，宗旨既乖，趋向自异。平时则放荡冶游，考试则熟读讲义，不思学问之有无，惟在分数之优劣；试验既终，书籍束之高阁，毫不过问，敷衍三四年，潦草塞责，文凭到手，即可借此活动于社会，岂非与求学初衷大相背驰乎？光阴虚度，学问毫无，是自误也。且辛亥之役，吾人之所以革命，因清廷官吏之腐败。即在今日，吾人对于当轴多不满意，亦以其道德沦丧。今诸君苟不于此时植其基，勤其学，则将来万一因生计所迫，出而任事，担任讲席，则必贻误学生；置身政界，则必遗误国家。是误人也。误己误人，又岂本心所愿乎？亦由于宗旨不正大耳。此余所希望于诸君者一也。

二曰砥砺德行　方今风俗日偷，道德沦丧，北京社会，尤为恶劣，败德毁行之事，触目皆是，非根基深固，鲜不为流俗所染。诸君肄业大学，当能束身自爱。然国家之兴替，视风俗之厚薄。流俗如此，前途何堪设想。故必有卓绝之士，以身作则，力矫颓俗。诸君为大学学生，地位甚高，肩斯重任，责无旁贷，故诸君不惟思所以感己，更必有以励人。苟德之不修，学之不讲，同乎流俗，合乎污世，己且为人轻侮，更何足以感人。然诸君终日伏首案前，芸芸攻苦，毫无娱乐之事，必感身体上之苦痛。为诸君计，莫如以正当之娱乐，易不正当之娱乐，庶于道德无亏，而身体有益。诸君入分科时，曾填写愿书，遵守本校规则，苟中道而违之，岂非与原始之意相反乎？此余所希望于诸君者二也。

三曰敬爱师友　教员口讲指画，职员供应职务，皆以图诸君求学便利，自应以诚相待，敬礼有加。至于同学共处一堂，尤应互相亲爱，庶可收切磋之效。不惟开诚布公，更宜道义相勗，盖同处此校，毁誉共之。同学中苟道德有亏，行有不正，为社会所訾詈，已虽规行矩步，亦莫能辩，此所以必互相劝勉也。余在德国，每至店肆购买物品，店主殷勤款待，付价接物，互相称谢，此虽小节，然亦交际所必需，常人如此，况堂堂大学生乎？此余所希望于诸君者三也。

余到校视事仅数日，校事多未详悉，兹所计画者二事。一曰改良讲义。诸君既研究高深学问，自与中学、高等不同，不惟恃教员讲授，尤赖一己潜修。以后讲义，只列纲要，细微末节，以及精旨奥义，或讲师口授，或自行参考，以期学有心得，能裨实用。二曰添购书籍。本校图书馆书籍虽多，新出者甚少，苟不广为购办，必不足供学生之参考，刻拟筹集款项，多购新书，将来典籍满架，自可旁稽博采，无虞缺乏矣。今日所与诸君陈说者只此，以后会晤日长，随时再为商榷可也。

蔡孑民先生在爱国女学校之演说

本校初办时，在清廷季年，含有革命性质。盖当时一般志士，鉴于清廷政治之不良，国势日蹙，有如人之罹重病，恐其淹久而至于不可救药，必觅良方以治之，故群起而谋革命。革命者，即治病之方药也。上海之革命团，名中国教育会。革命精神所在，无论其为男为女，均应提倡，而以教育为根本。故女校有爱国女学，男校有爱国学社，以教育会员担任办理之责，此本校名之所由来也。其后几经变迁，男校因《苏报》案而解散，中国教育会亦不数年而同志星散，惟女校存立至今。辛亥革命时，本校学生多有从事于南京之役者，不可谓非教育之成效也。当清政府未推倒时，自以革命为精神。然于普通之课程，仍力求完备。此犹家人一面为病者求医，一面于日常家事，仍不能不顾也。至民国成立，改革之目的已达，如病已医愈，不再有死亡之忧。则欲副爱国之名称，其精神不在提倡革命，而在养成完全之人格。盖国民而无完全人格，欲国家之隆盛，非但不可得，且有衰亡之虑焉。造成完全人格，使国家隆盛而不衰亡，真所谓爱国矣。完全人格，男女一也。兹特就女子方面讲述之。

夫完全人格，首在体育。体育最要之事为运动。凡吾人身体与精神，均含一种潜势力，随外围之环境而发达。故欲其发达至何地位，即能至何地位。若有障碍而阻其发达，则萎缩矣。旧俗每为女子缠足，不许擅自出门行走，终日幽居，不使运动，久之性质自变为懦弱。光阴日消磨于装饰中，且养成依赖性，凡事非依赖男子不可。苟无男子可依赖，虽小事亦望而生畏。倘不幸地方有争战之事，敌兵尚未至，畏而自尽者比比矣，又安望其抵抗哉。是皆不运动不发达其身体之故，卒养成懦弱性质，以减杀其自卫之能力与胆量也。欧美各国女子，尚不能免此，况乎中国。闻本校有体育专修科，不特各科完备，且于拳术尤为注意，此最足为自卫之具，望诸生努力，切勿间断。即毕业之后，身任体操教员者，固应时时练习，即担任别种事业者，亦当时时练习。盖此等技术，不练则荒，久练益熟，获益匪浅鲜也。

次在智育。智育则属精神方面。精神愈用愈发达，吾前已言及矣。盖人之心思细密，方能处事精详。而习练此心思使之细密，则有赖于科学。就其易于证明者言之，如习算学，既可以增知识，又可以使脑力反复运用，入于精细详审一途。研究之功夫既深，则于处事时，亦须将前一事与后一事比较一番，孰优孰劣，了然于胸，而知识亦从比较而日广矣。故精究科学者，必有特别之智慧胜于恒人，亦由其脑筋之灵敏也。

更言德育。德育实为完全人格之本。若无德，则虽体魄智力发达，适足助其为恶，无益也。今先言我国女子之缺点。女子因有依赖男子之性质，不求自立，故心中思虑毫无他途，惟有衣服必求鲜艳，装饰必求美丽。何也？以其无可自恃也。而虚荣心于女子为尤甚，如喜闻家中之人做官，喜与有势力人往还，皆是。故高尚之品行，未可求诸寻常女界中也。今欲养成女子高尚之品行，非使其除依赖性质有自立性质不可。然自立不可误解，非傲慢自负，轻视他人之谓，乃自己有一定之职业，以自谋生活之谓。夫人果能自谋生活，不仰食于人，则亦无暇装饰，无取虚荣矣。尚有一端，女子之处家庭者，大凡姑媳妯娌间，总是不和，甚至诟谇。其故何在？盖旧时习惯，女子死守家庭，不出门一步，不知社会情状，更不知世界情状，所通声息者，家中姑媳妯娌间而已。耳目心思之范围，既限于极小之家庭，自然只知琐细之事。而所争者，亦只此琐细之事。若是而望女子之品行日就高尚，难乎其难！盖其所处之势使然也。虽然，女子之缺点固多，而优点亦不少。今举其一端，如慈善事业，恻隐之心，女子胜于男子。不过昔时专在布施，反足养成他人懒惰之习。今则当推广爱人以德、与人为善之道。凡有善举，宜使受之者亦出其劳力有益于社会，则其仁慈之心，为尤恳挚矣。女子讲自由，在脱除无理之束缚而已，着必侈大无忌，在在为无理之自由，则为反对女学者所借口，为父兄者必不喜送女子入学。盖不信女学为培养女德之所，而谓女学乃损坏女德之地，非女学之幸也。

又今日女子入学读书后，对于家政，往往不能操劳，亦为所诟病。必也入学后，家庭间之旧习惯，有益于女德者保持勿失，而益以学校中之新知识，则治理家庭各事，必较诸未受过教育者，觉井井有条。譬如裁缝，旧时只知凭尺寸剪裁而已，若加以算学知识，则必益能精。如烹饪，旧时亦只知其当然，若加以化学知识，则必合乎卫生。其他各事，莫不皆然。倘女学生能如此，则为父兄者有不乐其女若妹之入学者乎？夫女子入校求学，固非脱离家庭间固有之天职也。求其实用，固可相辅而行者也。

美国有师范学校，教授各科，俱用实习，不用书籍。假如授裁缝时，为之讲解自上古至现在衣服之变更，有野蛮时代之衣服与文明时代之衣服，是即历史科也。为之讲解衣服之原料，如丝之产地，棉之产地等，则地理科也。衣服之裁剪，有算法焉。其染色之颜料，有理化之法则焉，是即数学理化科也。推之烹饪等科，亦复如是，寓学问于操作中。可见女学固养成女子完全之人格，非使女子入学后，即放弃其固有之天职也。即如体操科中之种种运动，近亦有人主张徒事运动而无生产为不经济，有欲以工作代之者。庶不消耗金钱与体力，使归实用。此法以后必当盛行。益可见徒知读书，放弃家事，为不合于理矣。

在清华学校高等科演说词

两种感想 鄙人今日参观贵校，有两种感想：一为爱国心，一为人道主义。溯贵校之成立，远源于庚子之祸变。吾人对于往时国际交涉之失败，人民排外之蠢动，不禁愧耻，而油然生爱国之心，一也。美国以正义为天下倡，特别退还赔款，为教育人才之用，吾人因感其诚而益信人道主义之终可实现，二也。此二感想，同时涌现于吾心中。夫国家主义与人道主义，初若不相容者，如国家自卫，则不能不有常设之军队。而社会之事业，若交通，若商业，本以致人生之乐利。乃因国界之分，遂反生种种障碍，种种垄断。且以图谋国家生存、国力发展之故，往往不恤以人道为牺牲。欧洲战争，是其著例。吾人对现在国家之组织，断不能云满意，于是学者倡无政府主义，欲破坏政府之组织，以个人为单位，以人道为指归。国家主义与世界主义之不相容，盖如此矣。而何以在贵校所得之二感想，同时盘旋于吾心中？岂非以今日为两主义过渡之时代，吾人固同具此爱国心与人道观念欤？国家主义与世界主义之过渡，求之事实而可征。今日世界慈善事业，若红十字会等组织，已全泯国界。各国工会之集合，亦以人类为一体。至思想学术，则世界所公，本无国别。凡此皆日趋大同之明证。将来理想之世界，不难推测而知矣。盖道德本有三级：（一）自他两利；（二）虽不利己而不可不利他；（三）绝对利他，虽损己亦所不恤。人与人之道德，有主张绝对利他，而今之国际道德，止于自他两利，故吾人不能不同时抱爱国心与人道主义。惟其为两主义过渡之时代，不能不调剂之，使不相冲突也。

对清华学生之希望　吾人之教育，亦为适应此时代之预备。清华学生，皆欲求高深之学问于国外，对于此将来之学者，尤不能无特别之希望，故更贡数言如下：

一曰发达个性。分工之理，在以己之所长，补人之所短，而人之所长，亦还以补我之所短。故人类分子，决不当尽归于同化，而贵在各能发达其特性。吾国学生游学他国者，不患其科学程度之不若人，患其模仿太过而消亡其特性。所谓特性，即地理、历史、家庭、社会所影响于人之性质者是也。学者言进化最高级为各具我性，次则各具个性。能保我性，则所得于外国之思想、言论、学术，吸收而消化之，尽为“我”之一部，而不为其所同化。否则留德者为国内增加几辈德人，留法者、留英者，为国内增加几辈英人、法人。夫世界上能增加此几辈有学问、有德行之德人、英人、法人，宁不甚善？无如失其我性为可惜也。往者学生出外，深受刺激，其有毅力者，或缘之而益自发愤；其志行稍薄弱者，即弃捐其“我”而同化于外人。所望后之留学者，必须以“我”食而化之，而毋为彼所同化。学业修毕，更遍游数邦，以尽吸收其优点，且发达我特性也。

二曰信仰自由。吾人赴外国后，见其人不但学术政事优于我，即品行风俗亦优于我，求其故而不得，则曰是宗教为之。反观国内，黑暗腐败，不可救疗，则曰是无信仰为之。于是或信从基督教，或以中国不可无宗教，而又不愿自附于耶教，因欲崇孔子为教主，皆不明因果之言也。彼俗化之美，仍由于教育普及，科学发达，法律完备。人人于因果律知之甚明，何者行之而有利，何者行之而有害，辨别之甚析，故多数人率循正轨耳，于宗教何与？至于社会上一部分之黑暗，何国蔑有，不可以观察未周而为悬断也。质言之，道德与宗教，渺不相涉。故行为不能极端自由，而信仰不可不自由。行为之标准，根于习惯；习惯之中，往往有并无善恶是非之可言，而社交上不能不率循之者。苟无必不可循之理由，而故与违反，则将受多数人无谓之嫌忌，而我固有之目的，将因之而不得达。故入境问禁，入国问俗，不能不有所迁就。此行为之不能极端自由也。若夫信仰则属之吾心，与他人毫无影响，初无迁就之必要。昔之宗教，本初民神话创造万物末日审判诸说，不合科学，在今日信者盖寡。而所谓与科学不相冲突之信仰，则不过玄学问题之一假定答语。不得此答语，则此问题终梗于吾心而不快。吾又穷思冥索而不得，则且于宗教哲学之中，择吾所最契合之答语，以相慰藉焉。孔之答语可也，耶之答语可也，其他无量数之宗教家、哲学家之答语亦可也。信仰之为用如此。既为聊相慰藉之一假定答语，吾必取其与我最契合者，则吾之抉择有完全之自由，且亦不能限于现在少数之宗教。故曰信仰期于自由也。明乎此，则可以勿眩于习闻之宗教说矣。

三曰服役社会。美洲有取缔华工之法律，虽由工价贱，而美工人不能与之竞争，致遭摈斥，亦由我国工人知识太低，行为太劣，而有以自取其咎。唐人街之腐败，久为世所诟病。留学生对于此不幸之同胞，有补救匡正之天职。欧洲留学界已有行之者，如巴黎之俭学会，对于法国招募华工，力持工价与法人平等及工人应受教育之议。俭学会并设一华工学校，授工人以简易国文、算术及法语，又刊《华工杂志》，用白话撰述，别附中法文对照之名词短语，以牖华工之知识。英国留学生亦有同样之事业，其所出杂志，定名《工读》。是皆于求学之暇，为同胞谋幸福者也。美洲华工，其需此种扶助尤急，而商人巨贾，不暇过问，惟待将来之学者急起图之耳。贵校平日对于社会服役，提倡实行，不遗余力，如校役夜课及通俗演讲等，均他校所未尝有。窃望常抱此主义，异日到美后，推行于彼处之华工，则造福宏矣。

北京大学进德会旨趣书

今人恒言，西方尚公德，而东方尚私德；又以为能尽公德，则私德之出入，不足措意，是误会也。吾人既为社会之一分子，分子之腐败，不能无影响于全体。如疾症然，其传染之广，往往出人意表。昔仪狄作酒，禹饮而甘之，曰："后世必有以酒亡其国者。"遂疏仪狄而绝旨酒。司马迁曰："夏之亡也以妹喜，殷之亡也以妲己。"子反湎于酒，而楚军以败；拿破仑惑于色，而普鲁士之军国主义以萌。私德不修，祸及社会，诸如此类，不可胜数。又如吾国五六年来，政治界、实业界之腐败，达于极端。而祸变纷乘，浸至亡国者，宁非由于少数当局骄奢淫逸之余，不得已而出奇策以自救，遂不惜以国家为牺牲与？《易》曰："善不积，不足以成名，恶不积，不足以灭身；勿以小善为无益而弗为也；勿以小恶为无伤而为之。"鄙人二十年前，鉴于吾国谈社会主义者之因以自便，名为提倡，实增阻力，因言"惟于交际之间一介不苟者，夫然后可以言共产；又惟男女之间一毫不苟者，夫然后可以言废婚姻"（见《民国野史》乙编《蔡孑民事略》），正此意也。

民国元年，吴稚晖、李石曾、汪精卫诸君，发起进德会于上海。会员别为三等：持不赌、不嫖、不娶妾三戒者，为甲等会员；加以不作官吏、不吸烟、不饮酒三戒，为乙等会员；又加以不作议员、不食肉，为丙等会员。当时论者颇以不作官吏、不作议员二条为疑。然题名入会为甲等会员者踵相接矣。未几，鄙人以事由海道北行，同行者三十余人，李、汪二君亦与焉。舟中或提议进德会事，自李、汪二君外，同行者率皆当时之官吏若议员，群以官吏、议员两戒为不便，乃去此两戒，别组一会，即以同舟之三十余人为发起人，而宋遯初君提议名为“六不会”，众赞成之。又同时发起一“社会改良会”，所揭著者凡三十六条，第一曰不狎妓，第二曰不置婢妾，第十九曰不赌博，第二十九曰戒除伤生耗财之嗜好，犹六不会意也。其后为政潮所激荡，“六不会”若“社会改良会”之发起人，次第星散，未及进行；而进德会之新分子，则间见于上海之报纸焉。

北京自袁政府时代，收买议员，运动帝制，攫全国之公款，用之如泥沙，得之者无所顾惜，则狂赌狂嫖，一方面驱于侥幸之心，一方面且用为钻营之术。谬种流传，迄今未已。鄙人归国以后，先至江、浙各省，见夫教育、实业各界，凡崭然现头角者，几无不以嫖、赌为应酬之具，心窃伤之。比抵北京，此风尤甚。尤可骇者，往昔昏浊之世，必有一部分之清流，与敝俗奋斗，如东汉之党人，南宋之道学，明季之东林，风雨如晦，鸡鸣不已。而今则众浊独清之士，亦且踽踽独行，不敢集同志以矫末俗，洵千古未有之现象也。曾于南洋公学同学会（中央公园）及译学馆校友会（江西会馆）中，提议以嫖、赌、娶妾三戒编入会章，闻者未之注意也。其后见社会实进会规则，有此三戒；而雍君所发起之社会改良会，则专以此三者为条件。吾道不孤，助以张目，惜其影响偏于一隅。既承乏北京大学，常欲以南洋同学会、译学馆校友会所提议而未行者，试之于此二千人之社会。会一年来鞅掌于大体之改革，未遑及此。今改组之议，业已实行。而内部各方面之组织，若研究所、若教授会之属，体育会、书画研究会之属，银行、消费公社之属，皆次第进行。而进德会之问题，遂亦应时势之要求，而不能不从事矣。会中戒律，如嫖、赌、娶妾三事，无中外，无新旧，莫不认为不德，悬为厉禁，谁曰不然。官吏、议员二戒，在普通社会或以为疑，而大学则当然有此（法科毕业生例外）。教育者，专门之业；学问者，终身之事。委身学校而萦情部院，用志不纷之谓何！且或在学生时代，营营于文官考试、律师资格，而要求提前保送，此其躁进，与科举时代之通关节何异？言之可为痛心！古谚曰："人不婚宦，情欲失半。"加特力教之神父，佛教之僧侣，例不婚娶；西洋大学问家，亦有持独身主义者。不婚尚可，不宦何难？至于烟、酒、肉食三戒，其贻害之大虽不及嫖、赌、娶妾，其纷心之重，亦不及官吏、议员，然而卫生味道之乐，亦恒受其障碍，故并存之。《春秋》三世之义，治起于衰乱之中，用心尚粗粗，及历升平而至太平，用心乃深而详，故崇仁义讥二名。今仿其例，而重定进德会之等第于下：

甲种会员　不嫖，不赌，不娶妾。

乙种会员　于前三戒外，加不作官吏、不作议员二戒。

丙种会员　于前五戒外，又加不吸烟、不饮酒、不食肉三戒。

入会之条件：

（一）题名于册，并注明愿为某种会员。

（二）凡题名入会之人，次第布诸日刊。

（三）本会不咎既往。《传》曰："人谁无过，过而能改，善莫大焉。"袁了凡曰："从前种种，譬如昨日死；以后种种，譬如今日生。"凡本会会员，入会以前之行为，本会均不过问。（如已娶之妾，亦听之。）同会诸人，均不得引以为口实。惟入会以后，于认定之戒律有犯者，罚之。

（四）本会俟成立以后，当公定罚章，并举纠察员若干人执行之。

入会之效用：

（一）可以绳己。谚曰："从善如登，从恶如崩。"吾国人在乡里多谨饬，而一到都会租界，则有放荡者。欧美人在本国多谨饬，而一到外国，则亦有放荡者。社会之制裁，有及有不及也。今以本会制裁之，庶不至于自放。

（二）可以谢人。欧美之学者、官吏、商人，均视嫖、赌、娶妾为畏途；偶有犯者，均讳莫如深。而我国则狎妓征优，文人以为韵事；看竹寻芳，公然著之柬帖；官吏商贾，且以是联络感情之一端。苟非画定范围，每苦无以谢人。今以本会为范围，则人有以是等相嬲者，径行拒绝，亦不致有伤感情。

（三）可以止谤。语曰："止谤莫如自修。"吾北京大学之被谤也久矣。两院一堂也，探艳团也，某某等公寓之赌窟也，捧坤角也，浮艳剧评花丛趣事之策源地也，皆指一种之团体而言之。其他攻讦个人者，更不可以偻指计。果其无之，则礼义不愆，何恤于人言。然请本校同人一一自问，种种之谤，即有言之已甚者，其皆无因而至耶？既有此因，则正赖有此谤以提撕吾人，否则沦胥以铺耳！不去其因而求弭谤，犹急行而避影也，其又何益？今以本会为保障，苟人人能守会约，则谤因既灭，不弭谤而自弭。其或未灭，则造因之范围愈狭，而求之不难尽多数之力以灭之，岂无望耶？

科学之修养

——在北京高等师范学校修养会演说词

鄙人前承贵校德育部之召，曾来校演讲；今又蒙修养会见召，敢述修养与科学之关系。

查修养之目的，在使人平日有一种操练，俾临事不致措置失宜。盖吾人平日遇事，常有计较之余暇，故能反复审虑，权其利害是非之轻重而定取舍。然若至仓卒之间，事变横采，不容有审虑之余地，此时而欲使诱惑、困难不能隳其操守，非于修养有素不可，此修养之所以不可缓也。

修养之道，在平日必有种种信条：无论其为宗教的或社会的，要不外使服膺者储蓄一种抵抗之力，遇事即可凭之以定抉择。如心所欲作而禁其不作，或心所不欲而强其必行，皆依于信条之力。此种信条，无论文明、野蛮民族均有之。然信条之起，乃由数千万年习惯所养成；及行之既久，必有不适之处，则怀疑之念渐兴，而信条之效力遂失。此犹就其天然者言也。乃若古圣先贤之格言嘉训，虽属人造，要亦不外由时代经验归纳所得之公律，不能不随时代之变迁而易其内容。吾人今日所见为嘉言懿行者，在日后或成故纸；欲求其能常系人之信仰，实不可能。由是观之，则吾人之于修养，不可不研究其方法。在昔吾国哲人，如孔、孟、老、庄之属，均曾致力于修养，而宋、明儒者尤专力于此。然学者提倡虽力，卒不能使天下之人尽变为良善之士，可知修养亦无一定之必可恃者也。至于吾人居今日而言修养，则尤不能如往古道家之蛰影深山，不闻世事。盖今日社会愈进，世务愈繁。已入社会者，固不能舍此而他从；即未入社会之学校青年，亦必从事于种种学问，为将来入世之准备。其责任之繁重如是，故往往易为外务所缚，无精神休暇之余地，常易使人生观陷于悲观厌世之域，而不得志之人为尤甚。其故即在现今社会与从前不同。欲补救此弊，须使人之精神有张有弛。如作事之后，必继之以睡眠，而精神之疲劳，亦必使有机会得以修养。此种团体之结合，尤为可喜之事。但鄙人以为修养之致力，不必专限于集会之时，即在平时课业中亦可利用其修养。故特标此题曰“科学的修养”。

今即就贵会之修养法逐条说明，以证科学的修养法之可行。如贵会简章有“力行校训”一条。贵校校训为“诚勤勇爱”四字。此均可于科学中行之。如“诚”字之义，不但不欺人而已，亦必不可为他人所欺。盖受人之欺而不自知，转以此说复诏他人，其害与欺人者等也。是故吾人读古人之书，其中所言苟非亲身实验证明者，不可轻信；乃至极简单之事实，如一加二为三之数，亦必以实验证明之。夫实验之用最大者，莫如科学。譬如报纸记事，臧否不一，每使人茫无适从。科学则不然。真是真非，丝毫不能移易。盖一能实验，而一不能实验故也。由此观之，科学之价值即在实验。是故欲力行“诚”字，非用科学的方法不可。

其次“勤”：凡实验之事，非一次所可了。盖吾人读古人之书而不慊于心，乃出之实验。然一次实验之结果，不能即断其必是，故必继之以再以三，使有数次实验之结果。如不误，则可以证古人之是否；如与古人之说相剌谬，则尤必详考其所以致误之因，而后可以下断案。凡此者反复推寻，不惮周详，可以养成勤劳之习惯。故“勤”之力行亦必依赖夫科学。

再次“勇”：勇敢之意义，固不仅限于为国捐躯、慷慨赴义之士，凡作一事，能排万难而达其目的者，皆可谓之勇。科学之事，困难最多。如古来科学家，往往因试验科学致丧其性命，如南北极及海底探险之类。又如新发明之学理，有与旧传之说不相容者，往往遭社会之迫害，如哥白尼、贾利来之惨祸。可见研究学问，亦非有勇敢性质不可；而勇敢性质，即可于科学中养成之。大抵勇敢性质有二：其一，发明新理之时，排去种种之困难阻碍；其二，既发明之后，敢于持论，不惧世俗之非笑。凡此二端，均由科学所养成。

再次“爱”：爱之范围有大小。在野蛮时代，仅知爱自己及与己最接近者，如家庭之类。此外稍远者，辄生嫌忌之心。故食人之举，往往有焉。其后人智稍进，爱之范围渐扩，然犹不能举人我之见而悉除之。如今日欧洲大战，无论协约方面或德奥方面，均是己非人，互相仇视，欲求其爱之普及甚难。独至于学术方面则不然：一视同仁，无分畛域；平日虽属敌国，及至论学之时，苟所言中理，无有不降心相从者。可知学术之域内，其爱最溥。又人类嫉妒之心最盛，入主出奴，互为门户。然此亦仅限于文学耳；若科学，则均由实验及推理所得唯一真理，不容以私见变易一切。是故嫉妒之技无所施，而爱心容易养成焉。

以上所述，仅就力行校训一条引申其义。再阅简章，有静坐一项。此法本自道家传来。佛氏之坐禅，亦属此类。然历年虽久，卒未普及社会；至今日日本之提倡此道者，纯以科学之理解释之。吾国如蒋竹庄先生亦然，所以信从者多，不移时而遍于各地。此亦修养之有赖于科学者也。

又加不饮酒、不吸烟二项，亦非得科学之助力不易使人服行。盖烟酒之嗜好，本由人无正当之娱乐，不得已用之以为消遣之具，积久遂成痼疾。至今日科学发达，娱乐之具日多，自不事此无益之消遣。如科学之问题，往往使人兴味加增，故不感疲劳而烟酒自无用矣。

今日所述，仅感想所及，约略陈之。惟宜注意者，鄙人非谓学生于正课科学之外，不必有特别之修养，不过正课之中，亦不妨兼事修养，俾修养之功，随时随地均能用力，久久纯熟，则遇事自不致措置失宜矣。

回任北京大学校长在全体学生欢迎会上的演说词

别来忽忽四个月，今日得与诸君相见，我心甚为愉快。但自我出京以后，诸君经了许多艰难危险的境遇；我卧病在乡，不能稍效斡旋维持之劳，实在抱歉得很。我以为诸君一定恨我骂我，要与我绝交了；不意我屡次辞职，诸君要求复职，我今勉强来了，与诸君相见，诸君又加以欢迎的名目，并陈极恳挚之欢迎词，真叫我感谢之余，惭愧的了不得。

诸君的爱国运动，事属既往，全国早有公论，我不必再加评论。惟我从各方面观察，觉得在这时期，看出诸君确有自治的能力，自动的精神，想诸君也能自信的。诸君但能在校中保持这种自治的能力，管理上就不成问题。能发展这种自动的精神，学问上除得几个积学的教员随时指导，有图书仪器足供参考试验外，没有什么别的需要。至于校长一职，简直可不必措意了。

诸君都知道，德国革命以前是很专制的，但是他的大学是极端的平民主义；他的校长与各科学长，都是每年更迭一次，由教授会公举的；他的校长，由四科教授迭任，如甲年所举是神学科教授，乙年所举是医学科教授，丙年所举是法学科教授，丁年所举是哲学科教授，周而复始，照此递推。诸君试想，一科的教授，当然与他科的学生很少关系；至于神学科教授，尤为他科的学生所讨厌的。但是他们按年轮举，全校学生，从没有为校长发生问题的。这是何等精神呵！

我初到北京大学，就知道以前的办法是，一切校务都由校长与学监主任、庶务主任少数人办理，并学长也没有与闻的，我以为不妥。所以第一步组织评议会，给多数教授的代表，议决立法方面的事；恢复学长权限，给他们分任行政方面的事。但校长与学长，仍是少数。所以第二步组织各门教授会，由各教授与所公举的教授会主任，分任教务。将来更要组织行政会议，把教务以外的事务，均取合议制。并要按事务性质，组织各种委员会，来研讨各种事务。照此办法，学校的内部，组织完备，无论何人来任校长，都不能任意办事。即使照德国办法，一年换一个校长，还成问题么？

这一次爱国运动，要是认定单纯的目的，到德约决不签字，曹、陆、章免职，便算目的达到，可以安心上课了。不幸牵入校长问题，又生出许多支节，这不能不算是遗憾。所望诸君此后，能保持自治的能力，发展自动的精神，并且深信大学组织，日臻稳固，不但一年换一个校长，就是一年换几个校长，对于诸君研究学问的目的，是决无妨碍的。诸君不要再为校长的问题分心，这就不辜负我们今日的一番聚会了。

文化运动不要忘了美育

现在文化运动，已经由欧美各国传到中国了。解放啊！创造啊！新思潮啊！新生活啊！在各种周报上，已经数见不鲜了。但文化不是简单，是复杂的；运动不是空谈，是要实行的。要透澈复杂的真相，应研究科学。要鼓励实行的兴会，应利用美术。科学的教育，在中国可算有萌芽了。美术的教育，除了小学校中“机械性”的音乐、图画以外，简截可说是没有。

不是用美术的教育，提起一种“超越利害”的兴趣，融合一种画分人我的僻见，保持一种永久平和的心境；单单凭那个性的冲动，环境的刺激，投入文化运动的潮流，恐不免有下列三种的流弊：（一）看得很明白，责备他人也很周密，但是到了自己实行的机会，给小小的利害绊住，不能不牺牲主义。（二）借了很好的主义作护身符，放纵卑劣的欲望；到劣迹败露了，叫反对党把他的污点，影射到神圣主义上，增了发展的阻力。（三）想有简单的方法，短少的时间，达到他的极端的主义；经了几次挫折，就觉得没有希望，发生厌世观，甚且自杀。这三种流弊，不是渐渐发见了么？一般自号觉醒的人，还能不注意么？

文化进步的国民，既要实施科学教育，尤要普及美术教育。专门练习的，既有美术学校、音乐学校、美术工艺学校、优伶学校等，大学校又设有文学、美学、美术史、乐理等讲座与研究所。普及社会的，有公开的美术馆或博物院，中间陈列品，或由私人捐赠，或用公款购置，都是非常珍贵的。有临时的展览会，有音乐会，有国立或公立的剧院，或演歌舞剧，或演科白剧，都是由著名的文学家、音乐家编制的。演剧的人，多是受过专门教育、有理想、有责任心的。市中大道，不但分行植树，并且间以花畦，逐次移植应时的花。几条大道的交叉点，必设广场，有大树，有喷泉，有花坛，有雕刻品。小的市镇，总有一个公园。大都会的公园，不只一处。又保存自然的林木，加以点缀，作为最自由的公园。一切公私的建筑，陈列器具，书肆与画肆的印刷品，各方面的广告，都是从美术家的意匠构成。所以不论那一种人，都时时刻刻有接触美术的机会。我们现在，除文字界稍微有点新机外，别的还有什么？书画是我们的国粹，都是模仿古人的。古人的书画，是有钱的收藏了，作为奢侈品，不是给大人共见的。建筑雕刻，没有研究。在嚣杂的剧院中，演那简单的音乐，卑鄙的戏曲。在市街上散步，止见飞扬尘土，横冲直撞的车马，商铺门上贴着无聊的"春联"，地摊上出售那恶俗的花纸。在这种环境中讨生活，怎么能引起活泼高尚的感情呢？所以我很望致力文化运动诸君，不要忘了美育。

以美育代宗教

我向来主张以美育代宗教，而引者或改美育为美术，误也。我所以不用美术而用美育者：一因范围不同，欧洲人所设之美术学校，往往止有建筑、雕刻、图画等科，并音乐、文学，亦未列入。而所谓美育，则自上列五种外，美术馆的设置，剧场与影戏院的管理，园林的点缀，公墓的经营，市乡的布置，个人的谈话与容止，社会的组织与演进，凡有美化的程度者，均在所包，而自然之美，尤供利用，都不是美术二字所能包举的。二因作用不同，凡年龄的长幼，习惯的差别，受教育程度的深浅，都令人审美观念互不相同。

我所以不主张保存宗教，而欲以美育来代他，理由如下：

宗教本旧时代教育，各种民族，都有一个时代完全把教育权委托于宗教家，所以宗教中兼含着智育、德育、体育、美育的原素。说明自然现象，记上帝创世次序，讲人类死后世界等等，是智育。犹太教的十诫，佛教的五戒，与各教中劝人去恶行善的教训，是德育。各教中礼拜、静坐、巡游的仪式，是体育。宗教家择名胜的地方，建筑教堂，饰以雕刻、图画，并参用音乐、舞蹈，佐以雄辩与文学，使参与的人有超出尘世的感想，是美育。

从科学发达以后，不但自然历史、社会状况，都可用归纳法求出真相，就是潜识、幽灵一类，也要用科学的方法来研究他。而宗教上所有的解说，在现代多不能成立，所以智育与宗教无关。历史学、社会学、民族学等发达以后，知道人类行为是非善恶的标准，随地不同，随时不同，所以现代人的道德，须合于现代的社会，决非数百年或数千年以前之圣贤所能预为规定，而宗教上所悬的戒律，往往出自数千年以前，不特挂漏太多，而且与事实相冲突的，一定很多，所以德育方面，也与宗教无关。自卫生成为专学，运动场、疗养院的设备，因地因人，各有适当的布置，运动的方式，极为复杂。旅行的便利，也日进不已，决非宗教上所有的仪式所能比拟。所以体育方面，也不必倚赖宗教。于是宗教上所被认为尚有价值的，止有美育的原素了。庄严伟大的建筑，优美的雕刻与绘画，奥秘的音乐，雄深或婉挚的文学，无论其属于何教，而异教的或反对一切宗教的人，决不能抹杀其美的价值，是宗教上不朽的一点，止有美。

然则保留宗教，以当美育，可行么？我说不可。

一、美育是自由的，而宗教是强制的；

二、美育是进步的，而宗教是保守的；

三、美育是普及的，而宗教是有界的。

因为宗教中美育的原素虽不朽，而既认为宗教的一部分，则往往引起审美者的联想，使彼受其智育、德育诸部分的影响，而不能为纯粹的美感，故不能以宗教充美育，而止能以美育代宗教。

美　育

美育者，应用美学之理论于教育，以陶养感情为目的者也。人生不外乎意志，人与人互相关系，莫大乎行为，故教育之目的，在使人人有适当之行为，即以德育为中心是也。顾欲求行为之适当，必有两方面之准备：一方面，计较利害，考察因果，以冷静之头脑判定之；凡保身卫国之德，属于此类，赖智育之助者也。又一方面，不顾祸福，不计生死，以热烈之感情奔赴之；凡与人同乐、舍己为群之德，属于此类，赖美育之助者也。所以美育者，与智育相辅而行，以图德育之完成者也。

吾国古代教育，用礼、乐、射、御、书、数之六艺。乐为纯粹美育；书以记述，亦尚美观；射、御在技术之熟练，而亦尚态度之娴雅；礼之本义在守规则，而其作用又在远鄙俗。盖自数以外，无不含有美育成分者。其后若汉魏之文苑、晋之清谈、南北朝以后之书画与雕刻、唐之诗、五代以后之词、元以后之小说与剧本，以及历代著名之建筑与各种美术工艺品，殆无不于非正式教育中行其美育之作用。

其在西洋，如希腊雅典之教育，以音乐与体操并重，而兼重文艺。音乐、文艺，纯粹美育。体操者，一方以健康为目的，一方实以使身体为美的形式之发展；希腊雕像，所以成空前绝后之美，即由于此。所以雅典之教育，虽谓不出乎美育之范围，可也。罗马人虽以从军为政见长，而亦输入希腊之美术与文学，助其普及。中古时代，基督教徒虽务以清静矫俗；而峨特式之建筑，与其他音乐、雕塑、绘画之利用，未始不迎合美感。自文艺复兴以后，文艺、美术盛行。及十八世纪，经包姆加敦（Baumgarten，1717—1762）与康德（Kant，1724—1804）之研究，而美学成立。经席勒尔（Schiller，1759—1805）详论美育之作用，而美育之标识，始彰明较著矣。（席勒尔所著，多诗歌及剧本；而其关于美学之著作，惟*Brisfe über die ästhetische Erziehung*，吾国"美育"之术语，即由德文之Ästhetische Erziehung译出者也。）自是以后，欧洲之美育，为有意识之发展，可以资吾人之借鉴者甚多。

爰参酌彼我情形而述美育之设备如下：美育之设备，可分为学校、家庭、社会三方面。

学校自幼稚园以至大学校，皆是。幼稚园之课程，若编纸，若粘土，若唱歌，若舞蹈，若一切所观察之标本，有一定之形式与色泽者，全为美的对象。进而至小学校，课程中如游戏、音乐、图画、手工等，固为直接的美育；而其他语言与自然、历史之课程，亦多足以引起美感。进而及中学校，智育之课程益扩加；而美育之范围，亦随以俱广。例如，数学中数与数常有巧合之关系。几何学上各种形式，为图案之基础。物理、化学上能力之转移，光色之变化；地质学的矿物学上结晶之匀净，闪光之变幻；植物学上活色生香之花叶；动物学上逐渐进化之形体，极端改饰之毛羽，各别擅长之鸣声；天文学上诸星之轨道与光度；

地文学上云霞之色彩与变动；地理学上各方之名胜；历史学上各时代伟大与都雅之人物与事迹；以及其他社会科学上各种大同小异之结构，与左右逢源之理论，无不于智育作用中，含有美育之原素，一经教师之提醒，则学者自感有无穷之兴趣。其他若文学、音乐等之本属于美育者，无待言矣。进而至大学，则美术、音乐、戏剧等皆有专校，而文学亦有专科。即非此类专科、专校之学生，亦常有公开之讲演或演奏等，可以参加。而同学中亦多有关于此等美育之集会，其发展之度，自然较中学为高矣。且各级学校，于课程外，尚当有种种关于美育之设备。例如，学校所在之环境有山水可赏者，校之周围，设清旷之园林。而校舍之建筑，器具之形式，造像摄影之点缀，学生成绩品之陈列，不但此等物品之本身，美的程度不同，而陈列之位置与组织之系统，亦大有关系也。

其次家庭：居室不求高大，以上有一二层楼，而下有地窟者为适宜。必不可少者，环室之园，一部分杂莳花木，而一部分可容小规模之运动，如秋千、网球之类。其他若卧室之床几、膳厅之桌椅与食具、工作室之书案与架柜、会客室之陈列品，不问华贵或质素，总须与建筑之流派及各物品之本式，相互关系上，无格格不相入之状。其最必要而为人人所能行者，清洁与整齐。其他若鄙陋之辞句，如恶谑与谩骂之类，粗暴与猥亵之举动，无论老幼、男女、主仆，皆当摒绝。

其次社会：社会之改良，以市乡为立足点。凡建设市乡，以上水管、下水管为第一义；若居室无自由启闭之水管，而道路上见有秽水之流演、粪桶与粪船之经过，则一切美观之设备，皆为所破坏。次为街道之布置，宜按全市或全乡地面而规定大街若干、小街若干，街与街之交叉点，皆有广场。场中设花坞，随时移置时花；设喷泉，于空气干燥时放射之；如北方各省尘土飞扬之所，尤为必要。陈列美术品，如名人造像，或神话、故事之雕刻等。街之宽度，预为规定，分步行、车行各道，而旁悉植树。两旁建筑，私人有力自营者，必送其图于行政处，审为无碍于观瞻而后认可之；其无力自营而需要住所者，由行政处建筑公共之寄宿舍。或为一家者，或为一人者，以至廉之价赁出之。于小学校及幼稚园外，尚有寄儿所，以备孤儿或父母同时作工之子女可以寄托，不使抢攘于街头。对于商店之陈列货物，悬挂招牌，张贴告白，皆有限制，不使破坏大体之美观，或引起恶劣之心境。载客运货之车，能全用机力，最善。必不得已而利用畜力，或人力，则牛马必用强壮者，装载之量与运行之时，必与其力相称。人力间用以运轻便之物，或负担，或曳车、推车。若为人舁轿挽车，惟对于病人或妇女，为徜徉游览之助者，或可许之。无论何人，对于老牛、羸马之竭力以曳重载，或人力车夫之袒背浴汗而疾奔，不能不起一种不快之感也。设习艺所，以收录贫苦与残疾之人，使得于能力所及之范围，稍有所贡献，以偿其所享受，而不许有沿途乞食者。设公墓，可分为土葬、火葬两种，由死者遗命或其子孙之意而选定之。墓地上分区、植树、莳花、立碑之属，皆有规则。不许于公墓以外，买地造坟。分设公园若干于距离适当之所，有池沼亭榭、花木鱼鸟，以供人工作以后之休憩。设植物园，以观赏四时植物之代谢。设动物园，以观赏各地动物特殊之形状与生活。设自然历史标本陈列所，以观赏自然界种种悦目之物品。设美术院，以久经鉴定之美术品，如绘画、造像及各种美术工艺，刺绣、雕镂之品，陈列于其中，而有一定之开放时间，以便人观览。设历史博物院，以使人知一民族之美术，随时代而不同。设民族学博物院，以使人知同时代中，各民族之美术，各有其特色。设美术展览会，或以新出之美术品，供人批评；或以私人之所收藏，暂供众览；或由他处陈列所中，抽借一部，使观赏者常有新印象，不为美术院所限也。设音乐院，定期演奏高尚之音乐，并于公园中为临时之演奏。设出版物检查所，凡流行之诗歌、小说、剧本、画谱，以至市肆之挂屏、新年之花纸，尤其儿童所读阅之童话与画本等，凡粗犷、猥亵者禁止之，而择其高尚优美者助为推行。设公立剧院及影戏院，专演文学家所著名剧及有关学术，能引起高等情感之影片，以廉价之入场券引人入览。其他私人营业之剧院及影戏院，所演之剧与所照之片，必经公立检查所之鉴定，凡卑猥陋劣之作，与真正之美感相冲突者，禁之。婚丧仪式，凡陈陈相因之仪仗、繁琐无理之手续，皆废之；定一种简单而可以表示哀乐之公式。每年遇国庆日，或本市本乡之纪念日，则于正式祝典以外，并可有市民极端欢娱之表示；然亦有一种不能越过之制限；盖文明人无论何时，总不容有无意识之举动也。以上所举，似专为新立之市乡而言，其实不然。旧有之市乡，含有多数不合美育之分子者，可于旧市乡左近之空地，逐渐建设，以与之交换，或即于旧址上局部改革。

要之，美育之道，不达到市乡悉为美化，则虽学校、家庭尽力推行，而其所受环境之恶影响，终为阻力，故不可不以美化市乡为最重要之工作也。

美育与人生

人的一生，不外乎意志的活动，而意志是盲目的，其所恃以为较近之观照者，是知识；所以供远照、旁照之用者，是感情。

意志之表现为行为。行为之中，以一己的卫生而免死、趋利而避害者为最普通；此种行为，仅仅普通的知识，就可以指导了。进一步的，以众人的生及众人的利为目的，而一己的生与利即托于其中。此种行为，一方面由于知识上的计较，知道众人皆死而一己不能独生；众人皆害而一己不能独利。又一方面，则亦受感情的推动，不忍独生以坐视众人的死，不忍专利以坐视众人的害。更进一步，于必要时，愿舍一己的生以救众人的死；愿舍一己的利以去众人的害，把人我的分别，一己生死利害的关系，统统忘掉了。这种伟大而高尚的行为，是完全发动于感情的。

人人都有感情，而并非都有伟大而高尚的行为，这由于感情推动力的薄弱。要转弱而为强，转薄而为厚，有待于陶养。陶养的工具，为美的对象；陶养的作用，叫作美育。

美的对象，何以能陶养感情？因为他有两种特性：一是普遍；二是超脱。

一瓢之水，一人饮了，他人就没得分润；容足之地，一人占了，他人就没得并立；这种物质上不相入的成例，是助长人我的区别、自私自利的计较的。转而观美的对象，就大不相同。凡味觉、嗅觉、肤觉之含有质的关系者，均不以美论；而美感的发动，乃以摄影及音波辗转传达之视觉与听觉为限，所以纯然有“天下为公”之概。名山大川，人人得而游览；夕阳明月，人人得而赏玩；公园的造像，美术馆的图画，人人得而畅观。齐宣王称“独乐乐不若与人乐乐”“与少乐乐不若与众乐乐”，陶渊明称“奇文共欣赏”：这都是美的普遍性的证明。

植物的花，不过为果实的准备；而梅、杏、桃、李之属，诗人所咏叹的，以花为多。专供赏玩之花，且有因人的作用，而不能结果的。动物的毛羽，所以御寒，人固有制裘、织呢的习惯；然白鹭之羽，孔雀之尾，乃专以供装饰。宫室可以避风雨就好了，何以要雕刻与彩画？器具可以应用就好了，何以要图案？语言可以达意就好了，何以要特制音调的诗歌？可以证明美的作用，是超越乎利用的范围的。

既有普遍性以打破人我的成见，又有超脱性以透出利害的关系；所以当着重要关头，有“富贵不能淫，贫贱不能移，威武不能屈”的气概；甚且有“杀身以成仁”而不“求生以害仁”的勇敢；这种是完全不由于知识的计较，而由于感情的陶养，就是不源于智育，而源于美育。

所以吾人固不可不有一种普通职业，以应利用厚生的需要；而于工作的余暇，又不可不读文学，听音乐，参观美术馆，以谋知识与感情的调和。这样，才算是认识人生的价值了。

义务与权利

——在北京女子师范学校演说词

贵校成立，于兹十载，毕业生之服务于社会者，甚有声誉，鄙人甚所钦佩。今日承方校长属以演讲，鄙人以诸君在此受教，是诸君的权利；而毕业以后即当任若干年教员，即诸君之义务，故愿为诸君说义务与权利之关系。

权利者，为所有权、自卫权等，凡有利于己者，皆属之。义务则几尽吾力而有益于社会者皆属之。

普通之见，每以两者为互相对待，以为既尽某种义务，则可以要求某种权利，既享某种权利，则不可不尽某种义务。如买卖然，货物与金钱，其值相当是也。然社会上每有例外之状况，两者或不能兼得，则势必偏重其一。如杨朱为我，不肯拔一毛以利天下；德国之斯梯纳（Stirner）及尼采（Nietzsche）等，主张惟我独尊，而以利他主义为奴隶之道德。此偏重权利之说也。墨子之道，节用而兼爱。孟子曰：生与义不可得兼，舍生而取义。此偏重义务之说也。今欲比较两者之轻重，以三者为衡。

（一）以意识之程度衡之。下等动物，求食物，卫生命，权利之意识已具；而互助之行为，则于较为高等之动物始见之。昆虫之中，蜂、蚁最为进化。其中雄者能传种而不能作工。传种既毕，则工蜂、工蚁刺杀之，以其义务无可再尽，即不认其有何等权利也。人之初生，即知吮乳，稍长则饥而求食，寒而求衣，权利之意义具，而义务之意识未萌。及其长也，始知有对于权利之义务。且进而有公而忘私、国而忘家之意识。是权利之意识，较为幼稚；而义务之意识，较为高尚也。

（二）以范围之广狭衡之。无论何种权利，享受者以一身为限；至于义务，则如振兴实业、推行教育之类，享其利益者，其人数可以无限。是权利之范围狭，而义务之范围广也。

（三）以时效之久暂衡之。无论何种权利，享受者以一生为限。即如名誉，虽未尝不可认为权利之一种，而其人既死，则名誉虽存，而所含个人权利之性质，不得不随之而消灭。至于义务，如禹之治水，雷缕佛（Lesseps）之凿苏彝士河，汽机、电机之发明，文学家、美术家之著作，则其人虽死，而效力常存。是权利之时效短，而义务之时效长也。

由是观之，权利轻而义务重。且人类实为义务而生存。例如人有子女，即生命之派分，似即生命权之一部。然除孝养父母之旧法而外，曾何权利之可言？至于今日，父母已无责备子女以孝养之权利，而饮食之，教诲之，乃为父母不可逃之义务。且列子称愚公之移山也，曰："虽我之死，有子存焉。子又生孙，孙又生子，子子孙孙，无穷匮也，而山不加增，何苦而不平？"虽为寓言，实含至理。盖人之所以有子孙者，为夫生年有尽，而义务无穷；不得不以子孙为延续生命之方法，而于权利无关。是即人之生存，为义务而不为权利之证也。

惟人之生存，既为义务，则何以又有权利？曰，盖义务者在有身，而所以保持此身，使有以尽义务者，曰权利。如汽机然，非有燃料，则不能作工，权利者，人身之燃料也。故义务为主，而权利为从。

义务为主，则以多为贵，故人不可以不勤；权利为从，则适可而止，故人不可以不俭。至于捐所有财产，以助文化之发展，或冒生命之危险，而探南北极、试航空术，则皆可为善尽义务者。其他若厌世而自杀，实为放弃义务之行为，故伦理学家常非之。然若其人既自知无再尽义务之能力，而坐享权利，或反以其特别之疾病若罪恶，贻害于社会，则以自由意志而决然自杀，亦有可谅者。独身主义亦然，与谓为放弃权利，毋宁谓为放弃义务。然若有重大之义务，将竭毕生之精力以达之，而不愿为家室所累；又或自忖体魄，在优种学上者不适于遗传之理由，而决然抱独身主义，亦有未可厚非者。

今欲进而言诸君之义务矣。闻诸君中颇有以毕业后必尽教员之义务为苦者。然此等义务，实为校章所定。诸君入校之初，既承认此校章矣。若于校中既享有种种之权利，而竟放弃其义务，如负债不偿然，于心安乎？毕业以后，固亦有因结婚之故，而家务、校务不能兼顾者。然胡彬夏女士不云乎：“女子尽力社会之暇，能整理家事，斯为可贵。”是在善于调度而已。我国家庭之状况，烦琐已极，诚有使人应接不暇之苦。然使改良组织，日就简单，亦未尝不可分出时间，以服务于社会。又或约集同志，组织公育儿童之机关，使有终身从事教育之机会，亦无不可。在诸君勉之而已。

中学的教育

我在北京的时候，早知道贵校很有声明的。今天承贵校欢迎，得与诸君谈谈，很觉快愉。但是因为时间仓卒，没有预备，只好以短时间谈一谈中学的教育。

一般办中学的人，大都两种观念：第一是养成中坚人物；第二是预备将来升学。所谓养成中坚人物的，就是安排他们在中学毕业之后，马上就可以去到社会上做事。其实，中学所得的知识很浅，并不能够应用他去做特殊的事业，纵然可以做一点儿，也不过很平常、平常的，甚至变做一个中等游民，也不稀奇的。除了当当绅士之外，简直无所措手足。所以说，要养成中坚人物很难能的了。

德国的学制，文、实分科。中古时代，文科注重拉丁、希腊文，以后科学渐渐发明，始趋重理、数各科，并且因为趋重生的文学的关系，所以把拉丁、希腊的死文学通通去掉了。实科注重理、数各科，但是后来也渐渐的趋重哲学、外国文……又有注重医学的。到了后来，还有些学校对文、实两种双方并重的，简直可以说是文实科。照这样看起来，学文科的不能不兼重实科的科学；学实科的同时也不能不兼重文科的科学。这样分科的制度，都是想要达到上面所述的那两个目的。

日本的学制，是仿照德国的，并且把他越弄越笨了。他把中学的目的完全看做养成社会中坚人物，所以在中学的上面有高等学校，为入大学的预备学校。

中国的学制，又纯从日本抄袭出来的，大略与日本相仿佛。因为中学程度不能直接升入大学，所以大学设有预科。但是总计小学、中学的年限共有十一年了，加上大学预科二年，共有十三年，才能达到大学的本科，时间已觉得太长，现在还想在中学加增年限，那就更不经济了。所以有人主张文、实分科，但也未见得就是顶好的法子。譬如大学原来是采分科制的，然而现在也觉得不十分便当，想要把他变通，去掉分科制，何况中学呢。比方文科的哲学，离不掉生物学、物理学、化学……因为不如是，那范围就未免太小。学理科的人，也不能不知道哲学，学天文学的人，更加不能不知道数学以及其他科学，况且我们应当具有宇宙观的。所以学实科的人，也要知道文科的科学。当然，学其他科的，除对于所专攻的科学以外，有关联的各科，也要达到普通的程度，不能单向一方进行，所以中学要想文、实分科，非常困难。但是，现在已经把国文改为白话，可以免掉专攻国文的工夫，同时可以省得多少时间。外国语一项，普通一般都教些文学书，我以为可以不必专读几本文学书，尽可读些科学读本，如游记……一方面可以学习外国语，他方面可以兼得科学上的知识，把这些所省的时间和精力，去普遍研究科学，年限和分科都不成什么顶难解决的问题了。

外国中学不专靠教科书，常常从书本以外，使学生有自己研究的余地。所以他读的是有用的，是活的科学，毕业以后，出来在社会上做事，狠不费力。但是有一种通病，恐怕无论那国都差不多：所有的教科书，每每不能学完，一方面固然是教员没有统计预算，但他方面还是为着学生没有自己研究的能力，没有自动的精神。所以弄得毕业之后，又不能进大学，简直没有一点事可以干，恰成一个游民。

日本中学是预备做中等社会的人，造成一般中坚分子。倘若自量他的能力不能够入大学毕业，就可不进中学，免得枉费光阴，他便一直入中等实业学校——甲种实业学校，毕业出来，可以独立谋生活，比较我们中国中学毕业生仅仅做一个游民那就好多了。所以我说中学的目的，只是惟一的预备升学。

但是进中学的时候，自己就要注重个人自修，预备将来可以升什么学校。中学生在修业时代，最紧要的科学有三种，分述如下：

（一）数学　因为我们无论将来是进那一科，哲学或者是文学，通通离不掉数理的羁绊，至于讲到理、数各科，工、农、商科，更不消说了。

（二）外国语　因为中国科学不甚发达，大半都是萌芽时代，要学高深科学，非直接用原本不行，而且在中学时不注意外国语，以后更难了。

（三）国文　我们是中国人，对于本国文学，当然要具有普通的学识，但是不要学什么桐城派，四六文，……只要对于日常用的具备和发表自己的思想毫无阻碍就够了。

以上这三种，对于升学很有关系，很须注意。但是都不纯粹靠教室内听听时候所能了事的，还是看各个人自修的功夫何如，所以我很希望诸君在课外还要特别留心才是。

我今天所讲的，不是专指贵校说的，是泛论中学的教育，供你们的参考罢了。

学生的责任和快乐

今天承贵校欢迎，我是很不敢当的。我昨天到岳云中学演讲，从贵校门口经过，看到贵校规模阔大，听说贵校内容也是很好的，我很想到贵校参观。适逢贵校校长请我今日演讲，使我得与诸君有谈话的机会，我心里是很愉快的，所以我于百忙中，抽出时间与诸君谈谈。

贵校的校名是“兑泽”二字，在先前创办的人，取这两个字，是很有意思的。“兑”字怎样呢？“兑者说也”，就是学有所得、令人快乐的意思。所以孔子说：“学而时习之，不亦说乎？”就他这句话讲，诸君由小学毕业，继续升入中学，求学的时间没有中断，也算是时习了，自然有许多喜悦的事情。孔子又说：“有朋自远方来，不亦乐乎？”孔子当日设教杏坛，三千徒众，都是从远方来的。贵校性质，虽说是由西路公学改变的，这不过是历史上的关系。就教育原理上讲，没有什么界限。现在所有的学生，大概都是从远方来的，朝夕相见，研究各种科学，这是第一层可快乐的事情。

前几年张敬尧督湘，对于教育摧残殆尽。贵校尚能维持下去，一方面是教职员办事的毅力，他方面是诸位求学的热忱。我是很佩服的。现在张敬尧已去，依我数日的观察，贵省的教育，很有新机，就是先前回去的学生，也都来了。“旧雨重逢，济济一堂”，这是第二层可快乐的事情。孔子所说的话，大概是这个意思。

我再回溯去年五四运动以后，我们一般学子受了这种感触，其中由自觉到觉人的很不少。至若学生去岁干预政治问题，本是不对的事情。不过当此一发千钧的时候，我们一般有智识的人，如果不肯牺牲自己的光阴，去唤醒一般平民，那么，中国更无振兴的希望了。但是现在各位的牺牲，是偶然的，不得已的。若是习以为常，永荒学业，那就错了。还有一层，现在各位为社会服务，这也算是分内的事情，不一定要人家知道，只要求其如何能尽自己的责任，并且不要以此为出风头、沽名誉的器具。纵成人家不知道我，我也无须要人知道，这就是孔子所讲的“人不知而不愠”的意思。

上面所讲的是学生的责任和学生的快乐。我还有几句话要奉告诸君的。诸君当此青年时代，到中学读书，今日的学生，就是将来改造社会的中坚人物。对于读书和做事，都要存一种诚心，凡事只要求其尽责在我，不可过于责人。就以学校的设备上讲，或因经济的关系，或因不得已的事故，力量做不到的时候，大家要设身处地想想才好。今天我还要到别处演讲，时间将到了，不能多说，我所贡献各位的，就是这样。

中学的科学

今天我到这里来，非常的高兴。只因为我有点毛病，喉已嘶了，不能多讲。但是我有几句话，要贡献于诸位。

现在中学最困难的问题，就是科学。因为中学的科学很烦琐，所以做学生的，应该切实去研究他。前年教育部召集各省中学校校长会议，有主张文、实分科的，近又有主张延长一年的，后经我作了一篇文字，将他们议案驳论一番，把他们的主张完全打消了。

文实分科，仅仅德国是这样办法，所以德国的中学，年限有七年之久。我的主见，因为学生在中学校修业，是受充实普通的知识时期，预备升学地步。但是学生常常有这些伪见，习文科者，不愿研究实科，习实科者，也不研究文科，成了偏枯的样子，流弊很多。譬如机器，各部都要具备的，否则运用一定是不灵敏。在中学时候，普通知识既不完全，将来升学必发现有许多困难，所以我当时绝对不赞成。

各国大学，并没设有预科，普通学科尽在中学时候教完。中国大学，有了两年预科，加长年限也不成为问题。再把各国的学制互相比较：德国的学制，从小学至中学毕业，共计十一年；法国定为十一年；中国大学添了两年预科，从小学至大学预科毕业，较之各国多了一二年，应该各种科学都要教授完备些，但是中学的科目繁多，怎么教得完咧？当教师的，先要把教材和时间支配均匀，拣择各种科学紧要的部分教授，有些容易了解的，教学生自行练习。若单靠教员来教授，那是不能够的。

又西洋各国，中学采严格主义，因为中学生皆是年富力强脑力充足的人，可以勉励用功的，在这个时候，立好基础，后来进大学和各种专门学校，那就自然容易，不要加管束也可以的。

中国的学生，自去年五四运动以后，大半都去注意社会上的问题，科学方面少有人去研究。那么将来的困难，比现在一定多些。长此以往，学生简直没有求学的日子。大家须知道，当欧战极酣的时候，德国危险到了万状，他们国里头的学生，还是安安静静照常用功。这样看来，中国现在社会虽属危险，较他们那时候好多了。你们学生应该尽心研究科学，从根本上作救国的准备，不要作无谓的奔走，因为五四运动是万不得已之举动，可一不可再的。现在北京学生，受了这一番大教训，已有彻底的觉悟，大家都知道我非有学问不能救国。我今天希诸位把科学看重些，切实去研究，对于外界的事情，尽可少管些。这就是我最后的盼望诸位的。

何谓文化

我没有受过正式的普通教育，曾经在德国大学听讲，也没有毕业，那里配在学术讲会开口呢？我这一回到湖南来，第一，是因为杜威、罗素两先生，是世界最著名的大哲学家，同时到湖南讲演，我很愿听一听。第二，是我对于湖南，有一种特别感想。我在路上，听一位湖南学者说："湖南人才，在历史上比较的很寂寞，最早的是屈原；直到宋代，有个周濂溪；直到明季，有个王船山，真少得很。"我以为蕴蓄得愈久，发展得愈广。近几十年，已经是湖南人发展的时期了。可分三期观察：一是湘军时代：有胡林翼、曾国藩、左宗棠及同时死战立功诸人。他们为清政府尽力，消灭太平天国，虽受革命党菲薄，然一时代人物，自有一时代眼光，不好过于责备。他们为维持地方秩序，保护人民生命，反对太平，也有片面的理由。而且清代经康熙、雍正以后，汉人信服满人几出至诚。直到湘军崛起，表示汉人能力，满人的信用才丧尽了。这也是间接促成革命。二是维新时代：梁启超、陈宝箴、徐仁铸等在湖南设立时务学堂，养成许多维新的人才，戊戌政变，被害的六君子中，以谭嗣同为最。他那思想的自由、眼光的远大，影响于后学不浅。三是革命时代：辛亥革命以前，革命党重要分子，湖南人最多，如黄兴、宋教仁、谭人凤等，是人人知道的。后来洪宪一役，又有蔡锷等恢复共和。以往的人才，已经如此热闹，将来宁可限量？此次驱逐张敬尧以后，励行文治，且首先举行学术讲演会，表示凡事推本学术的宗旨，尤为难得。我很愿来看看。这是我所以来的缘故。已经来了，不能不勉强说几句话。我知道湖南人对于新文化运动，有极高的热度。但希望到会诸君想想，那一项是已经实行到什么程度？应该什么样的求进步？

文化是人生发展的状况，所以从卫生起点，我们衣食住的状况，较之茹毛饮血、穴居野处的野蛮人，固然是进化了。但是我们的着衣吃饭，果然适合于生理么？偶然有病能不用乩方药签与五行生克等迷信，而利用医学药学的原理么？居室的光线空气，足用么？城市的水道及沟渠，已经整理么？道路虽然平坦，但行人常觉秽气扑鼻，可以不谋改革么？

卫生的设备，必需经费，我们不能不联想到经济上。中国是农业国，湖南又是产米最多的地方；俗语说“湘广熟，天下足”，可以证明。但闻湖南田每亩不过收谷三石，又并无副产。不特不能与欧美新农业比较，就是较之江浙间每亩得米三石，又可兼种蔬麦等，亦相差颇远。湖南富有矿产，有铁，有锑，有煤。工艺品如绣货、瓷器，亦皆有名。现在都还不大发达。因为交通不便，输出很不容易。考湖南面积比欧洲的瑞士、比利时、荷兰等国为大，彼等有三千以至七千启罗迈当的铁路，而湖南仅占有粤汉铁路的一段，尚未全筑。这不能不算是大缺陷。

经济的进化，不能不受政治的牵制。湖南这几年，政治上苦痛，终算受足了。幸而归到本省人的手，大家高唱自治，并且要从确定省宪法入手，这真是湖南人将来的生死关头。颇闻为制宪机关问题，各方面意见不同，此事或不免停顿。要是果有此事，真为可惜。还望大家为本省全体幸福计，彼此排除党见，协同进行，使省宪法得早日产出，自然别种政治问题，都可迎刃而解了。

近年政治家的纠纷，全由于政客的不道德，所以不能不兼及道德问题。道德不是固定的，随时随地，不能不有变迁，所以他的标准，也要用归纳法求出来。湖南人性质沉毅，守旧时固然守得很凶，趋新时也趋得很急。遇事能负责任，曾国藩说的“扎硬寨，打死仗”，确是湖南人的美德，但也有一部分的人似带点夸大、执拗的性质，是不可不注意的。

上列各方面文化，要他实行，非有大多数人了解不可，便是要从普及教育入手。罗素对于俄国布尔塞维克的不满意，就是少数专制多数。但这个专制，是因多数未受教育而起的。凡一种社会，必先有良好的小部分，然后能集成良好的大团体。所以要有良好的社会，必先有良好的个人，要有良好的个人，就要先有良好的教育。教育并不是专在学校，不过学校是严格一点，最初自然从小学入手。各国都以小学为义务教育，有定为十年的，有八年的，至少如日本，也有六年。现在有一种人，不满足于小学教育的普及，提倡普及大学教育。我们现在这小学教育还没有普及，还不猛进么？

若定小学为义务教育，小学以上，尚应有一种补习学校。欧洲此种学校，专为已入工厂或商店者而设，于夜间及星期日授课。于普通国语、数学而外，备有各种职业教育，任学者自由选习。德国此种学校，有预备职业到二百余种的。国中有一二邦，把补习教育规定在义务教育以内，至少二年。我们学制的乙种实业学校，也是这个用意，但仍在小学范围以内。于已就职业的人，不便补习。鄙意补习学校，还是不可省的。

进一步，是中等教育。我们中等教育，本分两系：一是中学校，专为毕业后再受高等教育者而设；一是甲种实业学校，专为受中等教育后即谋职业者而设。学生的父兄沿了科举时代的习惯，以为进中学与中举人一样，不筹将来能否再进高等学校，姑令往学。及中学毕业以后，即令谋生，殊觉毫无特长，就说学校无用。有一种教育家，遂想在中学里面加职业教育，不知中等的职业教育，自可在甲种实业学校中增加科目，改良教授法；初不必破坏中学本体。又现在女学生愿受高等教育的，日多一日，各地方收女生的中学很少，湖南止有周南代用女子中学校一所，将来或增设女子中学，或各中学都兼收女生，是不可不实行的。

再进一步，是高等教育。德国的土地，比湖南止大了一倍半，人口多了两倍，有大学二十。法国的土地，比湖南大了一倍半，人口也止多了一倍半，有大学十六。别种专门学校，两国都有数十所。现在我们不敢说一省，就全国而言，只有国立北京大学，稍为完备，如山西大学、北洋大学，规模都还很小。尚有外国人在中国设立的大学，也是有名无实的居多。以北大而论，学生也只有两千多人，比较各国都城大学学生在万人以上的，就差得远了。湖南本来有工业、法政等专门学校，近且筹备大学。为提高文化起见，不可不发展此类高等教育。

教育并不专在学校，学校以外，还有许多的机关。第一是图书馆。凡是有志读书而无力买书的人，或是孤本、抄本，极难得的书，都可以到图书馆研究。中国各地方差不多已经有图书馆，但往往止有旧书，不添新书。并且书目的编制、取书的方法、借书的手续，都不便利于读书的人，所以到馆研究的很少。我听说长沙有一个图书馆，不知道内容什么样。

其次是研究所。凡大学必有各种科学的研究所，但各国为便利学者起见，常常设有独立的研究所。如法国的巴斯笃研究所，专研究生物化学及微生物学，是世界最著名的。美国富人，常常创捐基金，设立各种研究所，所以工艺上新发明很多。我们北京大学，虽有研究所，但设备很不完全。至于独立的研究所，竟还没有听到。

其次是博物院。有科学博物院，或陈列各种最新的科学仪器，随时公开讲演，或按着进化的秩序，自最简单的器械，到最复杂的装置，循序渐进，使人一览了然。有自然历史博物院，陈列矿物及动植物标本，与人类关于生理病理的遗骸，可以见生物进化的痕迹，及卫生的需要。有历史博物院，按照时代，陈列各种遗留的古物，可以考见本族渐进的文化。有人类学博物院，陈列各民族日用器物、衣服、装饰品以及宫室的模型、风俗的照片，可以作文野的比较。有美术博物院，陈列各时代各民族的美术品，如雕刻、图画、工艺、美术，以及建筑的断片等，不但可以供美术家的参考，并可以提起普通人优美高尚的兴趣。我们北京有一个历史博物馆，但陈列品很少。其余还没有听到的。

其次是展览会。博物院是永久的，展览会是临时的。最通行的展览会，是工艺品、商品、美术品，尤以美术品为多。或限于一个美术家的作品，或限于一国的美术家，或征集各国的美术品。其他特别的展览会，如关于卫生的、儿童教育的，还多。我们前几年在南京开过一个劝业会，近来在北京、上海，开了几次书画展览会，其余殊不多见。

其次是音乐会。音乐是美术的一种，古人很重视的。古书有《乐经》《乐记》。儒家礼、乐并重，除墨家非乐外，古代学者，没有不注重音乐的。外国有专门的音乐学校，又时有盛大的音乐会。就是咖啡馆中，也要请几个人奏点音乐。我们全国还没有一个音乐学校，除私人消遣，照演旧谱，婚丧大事，举行俗乐外，并没有新编的曲谱，也没有普通的音乐会，这是文化上的大缺点。

其次是戏剧。外国的剧本，无论歌词的，白话的，都出文学家手笔。演剧的人，都受过专门的教育。除了最著名的几种古剧以外，时时有新的剧本。随着社会的变化，时有适应的剧本，来表示一时代的感想。又发表文学家特别的思想，来改良社会，是最重要的一种社会教育的机关。我们各处都有戏馆，所演的都是旧剧。近来有一类人想改良戏剧，但是学力不足，意志又不坚定，反为旧剧所同化，真是可叹。至于影戏的感化力，与戏剧一样，传布更易。我们自己还不能编制，外国输入的，又不加取缔，往往有不正当的片子，是很有流弊的。

其次是印刷品，即书籍与报纸。他们那种类的单复，销路的多寡，与内容的有无价值，都可以看文化的程度。贩运传译，固然是文化的助力，但真正文化是要自己创造的。

以上将文化的内容，简单的说过了。尚有几句紧要的话，就是文化是要实现的，不是空口提倡的。文化是要各方面平均发展的，不是畸形的。文化是活的，是要时时进行的，不是死的，可以一时停滞的。所以要大家在各方面实地进行，而且时时刻刻的努力，这才可以当得文化运动的一句话。

劝北大学生尊重教师布告

自本学年开课以后，时闻学生诸君，研究学问之兴趣，较前发展，正在忻幸之中。近日乃闻有少数学生，在讲堂或实验室中，对于教员讲授与指导之方法，偶与旧习惯不同，不能平心静气，徐图了解，辄悻悻然形于辞色，顿失学者态度。其间有一二不肖者，甚至为鄙悖之匿名书信、匿名揭帖，以重伤教员之感情。以大学学生而有此等外乎情理之举动，诚吾人所大惑不解者也。

世界学术进步，教授方法，日新月异。本校虽未能于短时期间大事更张，要亦决无故步自封之理。诸君须知教员采用新法，正为诸君容易进步起见，诸君方应欢迎之不遑，又何疑焉？即或诸君中有因方言之隔阂，程度之不及，一时稍感困难，因滋疑惑，亦当于授课之暇，本敬爱之诚，质疑问难，岂宜顺一时冲激，有自损人格之举动耶？

为教员者虽抱有满腔循循善诱之热诚，然岂能牺牲其人格自尊之观念。万一因少数者不慎之举动，而激其不屑教诲之感想，则诸君之损失何如？本校之损失何如？返之于诸君自爱及好学之本心，与爱护母校而冀其日日发达之初志，安耶否耶？

行道之人，偶迷方向，执途人而询之，必致谢词。欧美各国，入肆购物，彼以物来，此以钱往，必互相道谢。为教员者，牺牲其研究学术之时间与心力，而教授诸君，指导诸君，所以裨益诸君者，较诸指途、售物，奚啻百倍？诸君宁无感谢之本意，而忍伤其感情耶？诸君学成以后，难保无躬任教员之一日，设身处地，能不爽然？

深望自此以后，诸君对于教员，益益亲爱，益益诚恳，全体同学中，不再发现有不合情理之举动。无则加勉，有则改之，愿诸君各以自检，并于同学间互相劝告焉。

在上虞县春晖中学的演说词

兄弟在北京时，经校长时常和我谈起春晖中学的情形，原早想来看看。此次回到故乡，又承五中沈校长邀同来此，今日得和诸位相会，非常欢喜。到了这里，觉得一切都好，所可说的只有羡慕诸君的话。我所羡慕诸君的有三：一是羡慕诸君有中学校可入，二是羡慕诸君所入的中学校是个私人创立的学校，三是羡慕诸君所入的学校有这样的好环境。

中学时代，是人生中最重要的一段。一切身体上、精神上、知识上的基础，都在这中学时代成。就身体上说，我们在这时候，正在发育时期，要想将来有健全的身体去担当社会事业，就非在这时候受正当的体育不可。就知识上说，凡是学问都不是独立的，譬如我想研究化学，就非知道数学、生物学、物理学等不可。如不在这时候修得普通知识，受到普通教育，将来就不能研求正当的学问。这时期无论在何种方面来看，都是重要关头，如果不让他好好地正当地经过，就要终身受亏。回想我从前和诸君一样年纪的时候，要求入中学而不可得，因为那时候还没有这样的一种机关。虽然读书，也无非延师教读，在家念点经书，作点当时通行的八股文而已。到了现在，身体不好，不能担当什么大事，虽想研究一种学问，可是根底没有，很觉得困难。譬如我想研究哲学，或是什么学科，但因没有数学、生物学、化学等的知识，就无从着手，要想一一重新学习呢，年龄已大，来不及了。这是我所常常自恨的。

中学一面继续着小学，一面又接着高等教育。诸君在小学时，大概都还不过是因了兴味而学习种种事情，对于各科，所得的不过是大约的概括的头绪，并未曾得着过分析的知识的。中学的功课比之小学，是较为分析的，将来到了专门大学，那分析将更精细。诸君已入中学，较在小学已更进一境，小学虽不过因了兴味来学习种种，在中学校，却不能只凭兴味，比之在小学时，要用点苦功下去，要格外精细的研究了。至于毕业后，或就去任社会事务，或去升入专门，各有各的一条路，分析将又细密，用力自然将又加多。但只要这时打好了根底，那时也就没有什么困难了。最重要的就是现在。关于各科，要好好地用功；身体要好好地当心，不要把他错过。这时代留意一分，终身就享受一分的利益，自己弄坏一分，终身就难免一分的吃亏。我回想到自己当时不得受中等教育，至今吃了不少的亏，所以对于今日在座的诸位，觉得很是羡慕。诸君生当现在，有中学可入，真是幸福。

现在中学已多，有官立的，有私立的。诸君所入的中学，却是一个个人创立的学校，尤为难得。这春晖中学是已故陈春澜先生独立出资创设的。他何以要出了许多私财来创立这个春晖中学呢？他虽有钱，如果不拿出来办这个学校，试问谁能强迫他，说他不是？可知他的出钱办学，完全出于自己的本心。他因为有感于自己幼时，未曾得到求学的机会，有了钱就出钱办学，使大家可以来此求学，这一层已很足使我们感动了。我们要怎样地用功，才不致辜负他这片苦心？春澜先生出钱办学时，想来总希望得着许多善良的学生，决不愿有坏学生的，我们要怎样地努力做好学生，才不致违反他的希望？我们人类，在生物中，无角无爪，很是柔弱，而能发达生存者，全在彼此互助，只顾一人，是断不能生存的。自己要人家帮助，同时也须帮助人家。譬如有能作工的，就应去帮助人家作工；有能医病的，就应去帮助人家医病。这样大家彼此互助，世界上的事情才弄得好。春澜先生出了这许多钱来办这个学校，于他自己是丝毫没有利益的，虽用了“春晖”二字做校名，他老先生死了，还自己晓得什么。他的出钱办学，无非要为帮助我们求学，他这样帮助了我们，我们将怎样地学他去帮助别人呢？这校的历史，种种都可以鼓舞我们，勉励我们。诸君得在此求学，比在别校更容易引起好的感想，更多自振的机会，这也是可羡慕的一件事。

春澜先生出钱办学，不办在都会，而办在这风景很好的清静的白马湖，这尤足令人快意。凡人行事，虽出于自己，但环境也是支配人的行为。人受环境影响，实是很大。孟母三迁，就是为此。譬如我们，如果置身于争权夺利的人群中，不久看惯了，也就会争权夺利起来，不以为耻了。此地白马湖四周没有坏的事情来诱惑我们，于修养最宜。风景的好，又是城市中人所难得目睹的，空气清爽，不比都会的烟尘熏蒸。这里所有的东西，在都市里都是难得办到的，或不能办到的。在都市的学校，要觅一个运动场不可得，而此地却有很宽大的运动场，并且要扩充也容易。都市中人要花许多旅费才能领略的山水，而诸君却可朝夕赏玩，游钓任意。诸君要研究生物，标本随时随处可得；要研究地理，随处都是材料；天上的星辰，空中的飞鸟，无一不是供给诸君实际上的知识。此地的环境，可以使得诸君于品格上、身体上、知识上得着无限的利益，我很羡慕。

又，人生在世，所要的不但是知识，还要求情的满足。知识的能力，足以征服自然，现在的电灯，较古时的油灯进步；现在的飞机、轮船、火车，较古时的舟车进步。古人虽有很好的心思，但因为被偏见所迷，以为异国人或异种人是可以杀的，或是可以食的，遂有种种残忍不道的危险。现在知识进步，已逐渐把这种偏见除去了许多了。知识上的进步，可以使人得着安全的生活，现在一切穿的、吃的、用的，都好于从前，一切都比从前危险少而利益多。某事怎么去做才便利，怎么去想法子才安全，这都是从知识上计较打算来的。知识的进步，正无限量，将来还不知道有怎样安全快乐便利的生活可得哩！可是人类于知识以外，还有情的要求。世间尽有许多人们，物质的生活虽已安全舒服，心里还觉得有许多不满意的。一个人虽不能全没有计较打算，但有的却情愿做和计较打算无关系的事，不如此，就觉得不快，这就是爱美的情。人有爱美的情，原是自然而然的。野蛮人拾了海边的贝壳，编串为各种的式样，挂在身上，或于食了动物以后，更在其骨上雕刻种种花样，视以为乐。乡间农人每逢新年，欢喜买几张花纸贴在壁上，有的或将香烟里的小画片粘贴起来。这在我们看去，或以为不好看，但在他们，却以为是很美的。又如有人听唱戏，学了歌，便喜欢仰天唱唱，或是弄弄什么乐器，这都是人类爱美的心情的流露，也可以说是人与动物不同的地方。其实动物中有许多已有爱美的表现，如鸟类已有美音和美羽。美的东西，虽饥不可以为食，寒不可以为衣，可是却省不来。人如终日在计较打算之中，那便无味。求美也和求知识一样，同是要事。古来伦理学者中有许多人将人生的目的，完全放在快乐二字上面，以为人生的目的，无非在快乐。这虽一偏之见，但快乐很是要事，物质的快乐，有时还不能使人满意，最要紧的就是情的满足。人如果只为生存，只计较打算利益，其实世间没有不可做的事。可是现在有一种人，自己所不愿的事，无论怎样有利于己，总不肯做；自己所愿做的事，无论如何于物质的生活上有害，还是要做，甚至于牺牲生命，也所不惜。这就是所谓高尚。高尚也是一种美。我们人类不愿做丑事，愿做美事，就是天性爱美的缘故。若只为生存，还有什么事不可做呢？人不能绝对的不顾自己，但也不能绝对的只求利己，有时还要离了浅薄的自利主义，为别人牺牲自己的一部分或是全体，才能自己满足。譬如陈春澜先生出资办学，就是牺牲行为之一，他并不知后来在校求学的是哪一个，于自己有何利益，却肯出资办学，这就是高尚的美行，我们应该学他的。那么我们怎样才会能牺牲自己呢？我们做人，最要紧的是于一日之中，有一种时候不把计较打算放在心里，久而久之，自然有时会发出美的行为来，不觉而能牺牲了。用了计较打算的态度去看一切，一切都无美可得。譬如田间的麦，有人以为粉可充饥，秆可编物、燃火，有人离了这种见解，只赏玩他的叫做“麦浪”的一种随风的波动。又如有人见了山上的植物，以为果可做食品，根可做什么药的，有人却只爱它花的色样或枝叶的风趣。又如有人在白马湖居住了，钓鱼来吃，斫柴来烧，有人却从远远的城市，花了许多钱跑来看看风景，除此外无所求。这两者看法不同，前者是计较打算的，后者是美的。人能日常除去计较打算，才会渐渐地美起来。

美有自然美、人造美两种，山水风景属于自然美，绘画音乐等属于人造美。人造美随处可作，不限地方，如绘画、音乐在城市也可赏鉴的。至于自然，却限于一定的地方才可领略，人在稠密的城市中，难得有自然美，所以住在城市的人，家家都喜欢挂山水画，他们四面找不出好风景，所以只好在画中看看罢了。诸君现在处在这样好的风景之中，真是难得的好机会，我很羡慕。诸位将来出去到社会上任事的时候，我想必定要回想到白马湖的风景，因为那时必无这样的好山好水给诸君领略了。在这几年中，务必好好地领略，才不辜负了这样的好地方。

以上是我对于诸君所羡慕的三桩事。如前所说，中学时代是终身中关系最重的一段，诸君既入了中学，身体、知识都要趁现在注意留心。这校的历史，足以使诸君发生至好的感想，宜格外自励，不可错过机会。此地有这样的好风景，是别处所不易得的，趁现在有机会要请诸君好好地领略。最要紧的就是现在了。

中国现代大学观念及教育趋向

在古代中国，文明之根一直没有停止过它的生长，尽管关于这方面的历史记载极少。进行高等教育的机构早在两千年前就出现了，那时称之为“太学”。随后，又从这一初步形式，逐步演变为一种称之为“国子监”的教育制度。它包括伦理教育、政治与文学教育。现在看来，这是必然的发展，并且随着这一发展而增设了包括写与算等更多的学科。但增设的这些科目，在钦定的学校课程中，是无足轻重的。数百年来，教育的目的只有一项，即对人们进行实践能力的训练，使他们能承担政府所急需的工作。总之，古代中国只有一种教育形式，因此，其质与量不能估计过高。

晚清时期，东方出现了急剧的变化。为了维护其社会生存，不得不对教育进行变革。当时摆在我们面前的问题，是要仿效欧洲的形式，建立自己的大学。当这些大学建立了起来并有了良好的管理以后，就成为一支具有我们自己传统教学方法的蓬蓬勃勃的令人称誉的力量。初时的大学，也曾设置了与西方大学的神学科相应的独立的经科。这些大学推行的总方针，还是为了要产生一个于政府有用、能尽忠职守的群体。

随着一九一一年民国的成立，它把政府的控制权移到了民众手中——在大学内部也体现了这种新的精神。最早奏效的改革，是废除经科，从而使大学具备了成立文、理、医、农、工、法、商等科的可能性。作为上述这项方针的结果，一批大学建立了起来，几乎所有这些大学都完全或基本上贯彻了政府关于教育方面的指示。迄今为止，在北京（首都）有国立北京大学，在天津有北洋大学，在太原有山西大学，在南京有国立东南大学，在湖北有武昌大学，以及在首都还有其他一些大学，所有这些大学，皆直属中央政府，经费由中央政府拨给。最近，几所省立大学也相继宣告成立，其他一些则正在筹建之中。直隶的河北大学，沈阳的东北大学，陕西的西北大学，河南的郑州大学，广州的广东大学以及云南的东陆大学，都有了良好的开端。其他各省也都在积极筹建它们本省的大学。一些以办学有方而著称的私立大学，如天津的南开大学和厦门的厦门大学，也是值得一提的。至于那些已获得政府承认的学院，更是不计其数。尽管这些大学所设系、科各不相同，但都有同样的组织形式。它们的目标，不仅在于培养人们的实际工作能力，还在于培养人们在各种知识领域中作进一步深入研究的能力。

下面请允许我以一所具体的大学，即我非常熟悉的国立北京大学的一些情况来对我所谈的加以印证。

众所周知，这所大学由于她的起源及独特的历史而具备较完善的组织系统。根据目前的发展趋势方向，我们很自然地能预见到未来的进展。但是，这种发展趋势和方向的主要特点究竟是什么呢？对此我想说明如下：也许说明整个问题的最简捷的方法，是回顾一下近几年的改革过程，这些改革对北大的发展是有重大意义的。在一九一二年，曾制订了一项扩充北大所有学科的系科计划，但后来鉴于某些系科，例如医科和农科等，宜于归并到其他一些对此已具有良好设备条件的大学中去，因而放弃了这一计划。在考虑了这些情况以后，北大确认对它最必要的，是设置文、理、工、法等科。就这样，北大以这四科发展到一九一六年，成为教育界有影响的组成部分。接着，为了有利于北洋大学和北京工业专门学校，北大又把工科划了出去，以便与上述两校取得协作。随后，不但在国立北京大学，而且在全国范围都发生了一个巨大的变化，那就是：有着众多系科的旧式“大学”（名符其实的“大”学）体制逐渐衰亡，单科（或少数几科）的大学在更具体的规模上兴起。这个变化的最终结果，现在尚无法预测，但就目前而言，其效果是创立了易受中央和地方政府资助的特殊的大学教育形式。由于这个变化，高等教育机构则可能由几个或仅仅一个系（这里所说的“系”与美国大学的“学院”一词同义）组成。

一九二〇年，北大按旧体制建立的文、理、法科被重新改组为以下五个部：

第一部　数学系，物理系，天文系。

第二部　化学系，地质系，生物系。

第三部　心理系，哲学系，教育系。

第四部　中国语言文学系，英国语言文学系，法国语言文学系，德国语言文学系以及行将设置的其他国家的语言文学系。

第五部　经济系，政治系，法律系，史地系。

其他正在考虑开设的系，将按其性质分别归入以上五个部。

当时之所以有这样的改变，其着眼点乃是现行大学制度急需重新厘订，以便适应国家新的需要。此外，还有如下几点原因：

1. 从理论上讲，某些学科很难按文、理的名称加以明确的划分。要精确地限定任何一门学科的范围，不是一件轻而易举的事。例如，地理就与许多学科有关，可以属于几个系：当它涉及地质矿物学时，可归入理科；当它涉及政治地理学时，又可归入法科。再如生物学，当它涉及化石、动植物的形态结构以及人类的心理状态时，可归入理科；而当我们从神学家的观点来探讨进化论时，则又可把它归入文科。至于对那些研究活动中的事物的科学进行知识范围的划分尤为困难。例如，心理学向来被认为是哲学的一个分支，但是，自从科学家通过实验研究，用自然科学的语言表达了人类心理状况以后，他们又认为心理学应属于理科。摆在我们面前的，还有自然哲学（即物理学）这个专门名词，它可以归入理科；而又由于它的玄学理论，可以归入文科。根据这些情况，我们决定不用“科”这个名称，尽管它在中国曾得到广泛的承认，但我们却对这个名称不满意。

2. 就学生方面来说，如果进入一所各科只开设与其他学科完全分开的、只有本科专业课程的大学，那对他的教育将是不利的。因为这样一来，理科学生势必放弃对哲学与文学的爱好，使他们失去了在这方面的造诣机会。结果他的教育将受到机械论的支配。他最终会产生一种错误的认识，认为客观上的社会存在形式是一回事，而主观上的社会存在形式完全是另一回事，两者截然无关。这将导致自私自利的社会或机械社会的发展。而在另一方面，文科学生因为想回避复杂的事物，就变得讨厌学习物理、化学、生物等科学。这样，他们还没有掌握住哲学的一般概念，就失去了基础，抓不住周围事物的本质，只剩下玄而又玄的观念。因此，我们决心打破存在于从事不同知识领域学习的学生之间的障碍。

3. 现在，我们再看看北大的行政组织。当时的组织系统尽管没有什么人对之有异议，但却存在着很大的问题。内部的不协调，主要在于三个科，每一科有一名学长，惟有他有权管理本科教务，并且只对校长负责。这种组织形式形同专制政府；随着民主精神的高涨，它必然要被改革掉。这一改革，首先是组织了一个由各个教授、讲师联合会组成的更大规模的教授会，由它负责管理各系。同时，从各科中各自选出本系的主任；再从这些主任中选出一名负责所有各系工作的教务长。再由教务长召集各系主任一同合作进行教学管理。至于北大的行政事务，校长有权指定某些教师组成诸如图书委员会、仪器委员会、财政委员会和总务委员会等。每个委员会选出一人任主席，同时，跟教授、讲师组成教授会的方法相同，这些主席组成他们的行政会。该会的执行主席则由校长遴选。他们就这样组成了一个双重的行政管理体制，一方面是教授会，另方面是行政会。但是，这种组织形式还是不够完善，因为缺少立法机构。因此又召集所有从事教学的人员选出代表，组成评议会。这就是为许多人称道的北京大学“教授治校”制。

如上所说，北大的进步尽管缓慢，但是从晚清至今，这种进步已经是不可逆转的了。这些穷年累月才完成的早期改革，同大学教育的目的与观念有极大的关系。大学教育的目的与观念是明确的，就是要使索然寡味的学习趣味化，激起人们的求知欲望。我们决不把北大仅仅看成是这样一个场所——对学生进行有效的训练，训练他们日后成为工作称职的人。无疑，北大每年是有不少毕业生要从事各项工作的，但是，也还有一些研究生在极其认真地从事高深的研究工作，而且，他们的研究总是及时地受到前辈的鼓励与认可。这里，请允许我说明，北大最近设置了研究生奖学金和其他设施。我们中国自古以来就以宣扬和实践“朴素的生活，高尚的思想”而著称。因此，按照当代学者的看法，这所大学还负有培育及维护一种高标准的个人品德的责任，而这种品德对于作一个好学生以及今后作一个好国民来说，是不可缺少的。

为了对上面所提到的高深研究工作加以鼓励，北大还采取了以下一些措施：

（甲）强调教授及讲师不仅仅是授课，还要不放过一切有利于自己研究的机会，使自己的知识不断更新，保持活力。

（乙）在每一个系，开始了由师生合作进行科学方面及其他方面的研究。

（丙）研究者进行学术讨论有绝对自由，丝毫不受政治、宗教、历史纠纷或传统观念的干扰。即使产生了对立的观点，也应作出正确的判断和合理的说明，避免混战。

为了培养性格、品德，还采取了如下一些措施：

（甲）制定体育教育计划：（1）每年进行各种运动技能比赛。与外界举行比赛和其他的室外比赛，吸引了所有的北大师生，其水准可与西方相比。足球、网球、赛马、游泳、划船等活动同样令人喜爱。（2）可志愿参加某些军训项目，特别是童子军运动正在兴起。

（乙）为培养学生对美术与自然美的鉴赏能力，成立了雕塑研究会和音乐研究会。

（丙）学生们利用课余时间在为学校附近的文盲及劳工社会服务，深受公众的赞赏。其中最突出的是在乡村地区开展平民讲习运动和对普通市民开办平民夜校。学生们通过这些活动，极大地促进了自己的身心发展。

当中国的青年一代在思想上接受了新的因素之后，他们对政府与社会问题的态度就变得纷繁复杂了。他们热情奔放地参加一切政治活动，这已在全国各地不同程度地表现出来。这种学生运动虽然是当代所特有的（如巴黎与哈瓦那所报道的那样），但在中国的汉代及明代历史上已早有先例。它只是在近几年中采取了更为激烈的反抗形式而已。学校当局的看法是，如果学生的行为不超出公民身份的范围，如果学生的行为怀有良好的爱国主义信念，那么，学生是无可指责的。学校当局对此应正确判断，不应干预学生运动，也不应把干预学生运动看成是自己对学生的责任。现代的教育已确实把我们的学生从统治者的束缚中解放了出来。总的来说，这场活跃的运动已经在我们年轻一代的思想中灌注了思想、兴趣和为社会服务的真诚愿望，从而赋予他们以创造力和组织力，增强了领导能力，促进了友谊。但是，这也可能使学生本身受害，危及他们已取得的进步。学校当局正是基于这点才以极大的同情与慈爱而保护他们。

上述的概括，可能已足以说明中国大学教育的总的趋向，这是从我在北大任职期间的个人经历中总结出来的。至于中国教育的发展，特别是目前教育的发展，可能还存在其他倾向；即使在北大，这些带有倾向性的改革，不论其是否起了作用，我们认为它还是很不完善的。更确切地说，我们的改革与实验，使我们确信我们的大学目标与观念仍然是很不成熟的。

蔡董事长训词

今天承陶校长及诸同学欢迎，感激得很。前次诸位要我到此地来演讲，后来因为事务繁忙，致未果行，非常抱歉。我对于现在，真是挂着一个空的董事长的牌子，因为第一件，此地校里很重要的原则，教法、学法、做法合一，我就没有做到。不过我极相信此法是有至理，而且是很自然的。比如雏燕的能够飞，一方面老燕子要教雏燕飞，雏燕看见老燕的怎样飞法，于是就效着做同样的飞法，终于雏燕亦能飞了。在这一件很小的事内，就可以看出教、学、做是应当合一的。又如小猫要学大猫捕鼠，大猫一定要做捕鼠的姿势给小猫看，这也是寓有教、学、做应当合一的原理在里边。我们小的时候，说话、跑路和其他做的事情，父母并不是认真的要来教我们做，把说话和跑路当作一种功课，不过因为有父母在旁边说话、跑路，我们就在自然而然的中间受父母的暗示、同化而学会了。这也可以知道教、学、做是应当合一的。

中国学校开创得最早，在舜的时候已经有学校了。不过从前的私塾学校里所教的是些四书五经，和家庭的生活，实在是格格不相入的。这种便是以前私塾的坏处。诸位现在在此所读的书，都是以每月的生活为根据的，这种制度实是现代教育方法中最好的一种。当我出洋到德国的时候，杜威先生恰在芝加哥开办一个学校，这个学校一切功课，也是根据于实际生活的，从实际生活上讲到世界一切的学问。我的小儿进了法国的一个农业学校。平常的农业学校，都是空口讲而不实习的；但该校却和普通的不同，该校学生都能穿木头的鞋子，能够锄地挑粪。小儿在该校毕业出来时，身体比从前好得多了，头脑里关于从前给习惯所薰染成的一切不平等思想也都除掉了。于此可见教、学、做合一是很有功效的，不过我在当时是很觉得，而没有将他结合成教、学、做合一的思想。

中国目下最重要的问题，便是经济了。我们睁眼一看，便看见许多不做工、不劳力的，所享的权利反多；终年劳动者，所享反少。所以现在的理想，对于农人，便须耕者其有田，那便可减少许多关于田主与佃户间的纠纷与不平等。对于工厂、商店，现在都是厂主与店主得利多，而厂工与店伙得利少，这也是一种不平等的事。我们以后须使工人自己做工厂的股东，把工人与厂主打成一片，分不出一点不平等的痕迹来。商店也是如此。

中国农人占全国国民总数的最多数，所以我们现在要想改良一切制度，都应当在农人的头上做起。现在诸位到此，都抱有大志研究乡村教育，这是我所非常赞同的。不过我不能和诸位共同生活，我是很抱歉的。但我在旁边总当极力帮助诸位成功，敬祝诸位努力。

怎样才配做现代学生

一般似乎很可爱的青年男女，住着男女同学的学校，就可以算做现代学生么？或者能读点外国文的书，说几句外国语，或者能够“信口开河”的谈些什么什么……主义和什么什么……文学，也就配称做现代学生么？我看，这些都是表面的或次要的问题。

我以为至少要具备下列三个基本条件，才配称做现代学生。

（一）狮子样的体力　我国自来把读书的人叫做文人，本是因为他们所习的为文事的缘故，不料积久这“文人”两个字和“文弱的人”四个字竟发生了连带的关系。古时文士于礼、乐、书、数之外，尚须学习射、御，未尝不寓武于文。不料到后来，被一般野心帝王专以文字章句愚弄天下儒生，鄙弃武事，把知识阶级的体力继续不断的摧残下去；流毒至今，一般读书人所应有的健康，大都被毁剥了。羸弱的父母，那能生产康强的儿女！先天上既虞不足，而学校教育，又未能十分注意体格的训练，后天上也就大有缺陷。所以现时我国的男女青年的体格，虽略较二十年前的书生稍有进步，但比起东西洋学生壮健活泼、生机勃茂的样子来，相差真不可以道里计。新近有一位留学西洋多年而回国不久的朋友对我说：他刚从外洋回到上海的时候，在马路上走，简直不敢抬头，因为看见一般孱弱已极、毫无生气的中国男女，不禁发生恐惧和惭愧的感觉。这位朋友的话，并不是随便邪说。任何人刚从外国返到中国国境，怕都不免有同样的印象。这虽是就普通的中国人观察，但是学校里的学生也好不了许多。先有健全的身体，然后有健全的思想和事业，这句话无论何人都是承认的，所以学生体力的增进，实在是今日办教育的生死关键。

现今欲求增进中国学生的体力，惟有提倡运动一法。中国废科举，办学校，虽已历时二十余年之久，对于体育一项的设备，太不注意。甚至一个学校连操场、球场都没有，至于健身房、游泳池等等关于体育上的设备，更说不上了。运动机会既因无“用武地”而减少，所以往往有聪慧勤学的学生，只因体力衰弱的缘故，纵使不患肺病，神经衰弱病及其他痼疾而青年夭折，也要受精力不强、活动力减少的影响，不能出其所学贡献于社会，前途希望和幸福就从此断送，这是何等可悲痛的事！

今日的学生，便是明日的社会中坚、国家柱石，这样病夫式或准病夫式的学生，焉能担得起异日社会国家的重责！又焉能与外国赳赳武夫的学生争长比短！就拿本年日本举行的第九届远东运动会而论，我国运动员的成绩比起日本来，几乎处处落人后。较可取巧的足球，日本学生已成我劲敌。至于最费体力的田径赛，则完全没有我国学生的地位，这又是何等可羞耻的事！

体力的增进，并非可一蹴而就。试观东西洋学生，自小学以至大学，无一日不在锻炼陶冶之中。所以他们的青年，无不嗜好运动，兴趣盎然。一闻赛球，群起而趋。这种习惯的养成，良非易事。而健全国民的基础，乃以确立。这种情形，在初入其国的，尝误认为一种狂癖；观察稍久，方知其影响国本之大。这是我们所应憬然猛省的。

外人以我国度庞大而不自振作，特赠以“睡狮”的怪号。青年们！醒来吧！赶快回复你的“狮子样的体力”！好与世间健儿，一较好身手；并且以健全的体力，去运用思想，创造事业！

（二）猴子样的敏捷　“敏捷”的意思，简单说起来就是“快”。在这二十世纪的时代做人，总得要做个“快人”才行。譬如赛跑或游泳一样，快的居前，不快的便要落后，这是无可避免的结果。我们中国的文化，在二千年前，便已发展到与现今的中国文化程度距离不远。那时欧洲大陆还是蛮人横行的时代。至美洲尚草莽未辟，更不用说。然而今日又怎样呢？欧洲文化的灿烂，吾人既已瞠乎其后，而美洲则更发展迅速。美利坚合众国立国至今不过一百五十四年，其政治的经济的一切发展，竟有“后来居上”之势。这又是什么缘故呢？这固然是美国的环境好，适于建设。而美国人的举动敏捷，也是他们成功迅速一个最大的原因。吾人试游于美国的都市，汽车、街车等等的风驰电掣不算，就是在大街的旁行道上走路的人，也都是迈往直前，绝少左顾右盼、姗姗行迟，像中国人所常有的样子。再到他们的工厂中或办事房中去参观，他们也是快手快脚的各忙各的事体。至于学校里的学生，无论在讲堂上、操场上、图书馆里、实验室里，一切行动态度，总是敏捷异常，活泼得很。所以他们能够在一个短期间内，学得多，做得多，将来的成就也自然的多起来了。掉转头来看看我国的情形，一般人的行动颟顸迟缓，姑置勿论；就是学校里的学生，读书做事，也大半是一些不灵敏。所以在初中毕业的学生，国文不能畅所欲言；在大学毕业的学生，未必能看外国文的书籍。这不是由于他们的脑筋迟钝，实在是由于习惯成自然。所以出了学校以后，做起事来，仍旧不能紧张，“从容不迫”的做下去。西洋人可以一天做完的事，中国人非两天或三天不能做完。在效率上相差得这样的多，所成就的事体，自然也就不可同日而语了。

关于这种迟缓的不敏捷的行动，我说是一种习惯，而且这种习惯是由于青年时代养成的，并不是没有什么事实上的根据。我们可以用华侨子弟和留学生来做证明：在欧美生长的中国小孩，行动的敏捷，固足与外国小孩相颉颃；而一般留学生，初到外国的时候，总感觉得处处落人之后，走路没有人家快，做事没有人家快，读书没有人家快，在课堂上抄笔记也没有人家写得快、记得多，苦不堪言；但在这样环境中吃得苦头太多了以后，自然而然的一切行动也就渐渐的会变快了。所以留学生回国后一切行动，总比普通一般人要敏捷些。等待他们在百事迟钝的中国环境里住的时间稍为长久一点，他们的迟缓的老脾气，或者也会重新发作的。就拿与人约会或赴宴会来作例子，在欧美住留过几年的人，初回国的时候，大都是很肯遵守时间，按时而到；后来觉得自己到了，他人迟到，也是于事无益，呆坐着等人，还白白糟蹋了宝贵的时间，不如还是从俗罢。但是这种习惯的误事和不便，是人人所引为遗憾的。尤其是我们的青年人，应当积极纠正的。

青年们呀！现在已经是二十世纪的新时代了！这个时代的特征就是“快”。你看布满了各国大陆的铁道，浮遍了各个海洋的船舰，肉目可见的有线电的电线，不可见的无线电的电浪，可以横渡大西洋而远征南北极的飞机，城市地面上驰骋着的街车与汽车，地面上隧道中通行的火车与电车，以及工厂、农场、公事房、家庭中所有的一切机器，那一件不是为要想达到“快”的目的而设的？况且凡百科学，无不日新月异的在那里增加发明。我们纵不能自己发明，也得要迎头赶上去、学上去，这都是非快不为功的。

据进化论的昭示，我们人类是由猿猴进化而来。却是人类在这比较安舒的环境中，行动渐次变了迟钝，反较猴子略逊一筹，而中国人的颟顸程度更特别的高。以开化最早的资格，现反远居人后，这是多么惭愧的事！现在我们的青年，如要想对于求学、做事两方面，力振颓风，则非学“猴子样敏捷”，急起直追不可！

（三）骆驼样的精神　在中国四万万同胞中，各人所负责任的重大，恐怕要算青年学生首屈一指了！就中国现时所处的可怜的地位和可悲的命运而论，我们几乎可以说：凡是可摆脱这种地位、挽回这种命运的事情和责任，直接或间接都是要落在学生们的双肩上。

第一是对于学术上的责任：做学生的第一件事就是读书。读书从浅近方面说，是要增加个人的知识和能力，预备在社会上做一个有用的人才；从远大方面说，是要精研学理，对于社会国家和人类有最有价值的贡献。这种责任是何等的重大！读者要知道一个民族或国家要在世界上立得住脚——而且要光荣的立住——是要以学术为基础的。尤其是，在这竞争剧烈的二十世纪，更要倚靠学术。所以学术昌明的国家，没有不强盛的；反之，学术幼稚和知识蒙昧的民族，没有不贫弱的。德意志便是一个好例证：德人在欧战时力抗群强，能力固已可惊；大败以后，曾不十年而又重列于第一等国之林，这岂不是由于他们的科学程度特别优越而建设力强所致么？我们中国人在世界上原来很有贡献的，——如发明指南针、印刷术、火药之类，——所以现时国力虽不充足，而仍为谈世界文化者所重视。不过经过两千年专制的锢蔽，学术遂致落伍。试问在现代的学术界，我们中国人对于人类幸福有贡献的究有几个人呢？无怪人家渐渐的看不起我们了。我们以后要想雪去被人轻视的耻辱，恢复我们固有的光荣；只有从学术方面努力，提高我们的科学知识，更进一步对世界为一种新的贡献，这些都是不能不首先属望于一般青年学子的。

第二是对于国家的责任：中国今日，外则强邻四逼，已沦于次殖民地的地位；内则政治紊乱，民穷财匮，国家的前途实太危险了。今后想摆脱列强的羁绊，则非急图取消不平等条约不可。想把国民经济现状改良，使一般国民能享独立、自由、富厚的生活，则非使国内政治能上轨道不可。昔范仲淹为秀才时，便以天下为己任，果然有志竟成。现在的学生们，又安可不以国家为己任咧！

第三是对于社会的责任：先有好政治而后有好社会，抑先有好社会而后有好政治？这个问题用不着什么争论的，其实二者是相互影响的，所以学生对于社会也是负有对于政治同等的责任。我们中国的社会，是一个很老的社会，一切组织形式及风俗习惯，大都陈旧不堪，违反现代精神而应当改良。这也是要希望学生们努力实行的。因为一般年纪大一点的旧人物，有时纵然看得出，想得到，而以濡染太久的缘故，很少能彻底改革的。所以关于改良未来的社会一层，青年所负的责任也是很大的。

以上所说的各种责任都放在学生们的身上，未免太重一些。不过生在这时的中国学生，是无法避免这些责任的。若不学着“骆驼样的精神”来“任重道远”，又有什么办法呢？

除开上述三种基本条件而外，再加以“崇好美术的素养”，和“自爱”“爱人”的美德，便配称做现代学生而无愧了。

中华民族与中庸之道

——在亚洲学会演说词

我等所生活的世界，是相对的，而我人恒取其平衡点为$\frac{1}{2}$足点。例如在生理上，循环系动脉与静脉相对而以心脏为中点；消化系吸收与排泄相对而以胃为中点。在心理概念上，就空间言，有左即有右，有前即有后，有上即有下，而我等个人即为其中心。以时间言，有过去即有将来，而我人即以现在为中点。这都是自然而然，谁也不能反对的。在行为上，也应有此原则，而西洋哲学家，除雅里士多德曾提倡中庸之道外（如勇敢为怯懦与卤莽的折中，节制为吝啬与浪费的折中等），鲜有注意及此的；不是托尔斯泰的极端不抵抗主义，便是尼采的极端强权主义；不是卢梭的极端放任论，就是霍布斯的极端干涉论；这完全因为自希腊民族以外，其他民族性，都与中庸之道不相投合的缘故。独我中华民族，凡持极端说的，一经试验，辄失败；而惟中庸之道，常为多数人所赞同，而且较为持久。这可用两种最有权威的学说来证明他：一是民元十五年以前二千余年传统的儒家，一是近年所实行的孙逸仙博士的三民主义。

儒家所标举以为模范的人物，始于四千年前的尧、舜、禹，而继以三千五百年前的汤，三千年前的文、武。《论语》记尧传位于舜，命以“允执厥中”。舜的执中怎样？《礼记·中庸篇》说道：“舜好察迩言，执其两端，用其中于民。”《尚书》说舜以典乐的官司教育，命他教子弟要“直而温，宽而栗，刚而无虐，简而无傲”；直宽与刚简，虽是善德，但是过直就不温，过宽就不栗，过刚就虐，过简就傲，用温、栗、无虐、无傲作界说，就是中庸的意思。舜晚年传位于禹，也命他允执厥中。禹的执中怎样？孔子说：“禹菲饮食而致孝乎鬼神；恶衣服而致美乎黻冕，卑宫室而尽力乎沟洫。”若是因个人衣食住的尚俭而对于祭品礼服与田间工事，都从简率，便是不及；又若是因祭品礼服与田间工事的完备，而对于个人的衣食住，也尚奢侈，便是太过。禹没有不及与过，便是中庸。汤的事迹，可考的很少，但孟子说“汤执中”，是与尧、舜、禹一样。文、武虽没有中庸的标榜，但孔子曾说：“张而弗弛，文、武弗能也；弛而弗张，文、武弗为也；一张一弛，文武之道也。”是文、武不肯为张而弗弛的太过，也不肯为弛而弗张的不及，一张一弛，就是中庸。至于儒家的开山孔子曾说：“道之不行也，贤者过之，不肖者不及也；道之不明也，知者过之，愚者不及也。”又尝说：“过犹不及。”何等看重中庸！又说：“质胜文则野，文胜质则史，文质彬彬，然后君子。”是求文质的中庸。又说：“君子之于天下也，无过也，无莫也。义之与比。”又说“我无可无不可”，是求可否的中庸。又说：“君子惠而不费，劳而不怨，欲而不贪，泰而不骄，威而不猛。”他的弟子说：“孔子温而厉，威而不猛，恭而安。”这都是中庸的态度。孔子的孙子子思作《中庸》

一篇，是传述祖训的。

在儒家成立的时代，与他同时并立的，有极右派的法家，断言性恶，取极端干涉论；又有极左派的道家，崇尚自然，取极端放任论。但法家的政策，试于秦而秦灭；道家的风习，试于晋而晋亡。在汉初，文帝试用道家，及其子景帝，即改用法家；及景帝之子武帝，即罢黜百家，专尊孔子，直沿用至清季。可见极右派与极左派，均与中华民族性不适宜，止有儒家的中庸之道，最为契合，所以沿用至二千年。现在国际交通，科学输入，于是有新学说继儒家而起，是为孙逸仙博士的三民主义。

三民主义虽多有新义，为往昔儒者所未见到，但也是以中庸之道为标准。例如持国家主义的，往往反对大同；持世界主义的，又往往蔑视国界，这是两端的见解。而孙氏的民族主义，既谋本民族的独立，又谋各民族的平等，是为国家主义与世界主义的折中。尊民权的或不愿有强有力的政府，强有力的政府又往往蹂躏民权，这又是两端的见解。而孙氏的民权主义，给人民以四权，专关于用人、制法的大计，谓之政权；给政府以五权，关于行政、立法、司法、监察、考试等庶政，谓之治权。人民有权而政府有能，是为人民与政府权能的折中。持资本主义的，不免压迫劳动；主张劳动阶级专政的，又不免虐待资本家，这又是两端的见解。而孙氏的民主主义，一方面以平均地权、节制资本、防资本家的专横；又一方面行种种社会政策，以解除劳动者的困难。要使社会上大多数的经济利益相调和而不相冲突，这是劳资间的中庸之道。其他保守派反对欧化的输入，进取派又不注意于国粹的保存；孙氏一方面主张恢复固有的道德与智能，一方面主张学外国之所长，是为国粹与欧化的折中。又如政制上，或专主中央集权，或专主地方分权，而孙氏则主张中央与地方之权限，采均权制度。凡事务有全国一致之性质的，划归中央；有因地制宜之性质的，划归地方。不偏于中央集权或地方分权，是为集权与分权的折中。其他率皆类此。

大学教育

大学教育者，学生于中学毕业以后，所受更进一级之教育也。其科目为文、理、神学、法、医、药、农、工、商、师范、音乐、美术、陆海军等。前五者自神学以外，为各国大学所公有。惟旧制合文、理为一科，而名为哲学，现今德语诸国，尚仍用之。农、工、商以下各科，多独立而为专门学校，如法国之国立美术专门学校（Ecole Nationale et Speciale des Beaux Arts）之类；亦或谓之高等学校，如德国之理工高等学校（Techniche Hochschnle）之类；或仅称学校，如法国百工学校（Ecole Polytechnique）之类；或单称学院，如法国巴士特学院（L'institut Pasteur）之类。用大学教育之广义，则可以包括之。我国旧仿日本制，于大学以下，有一种专门学校，如农业专门学校、医学专门学校之类。虽程度较低，年限较短，然既为中等学校以上之教育，不妨列诸大学教育之内。惟旧式之高等学校，后改为大学预科，而新制编入高级中学者，则当属于中学之范围，而于大学无关焉。

吾国历史上本有一种大学，通称太学，最早谓之上庠，谓之辟雍，最后谓之国子监。其用意与今之大学相类，有学生，有教官，有学科，有积分之法，有入学资格，有学位，其组织亦颇似今之大学。然最近时期，所谓国子监者，早已有名无实。故吾国今日之大学，乃直取欧洲大学之制而模仿之，并不自古之太学演化而成也。

欧洲大学，在拉丁原名，本为教者与学者之总会（Universitat Magrotrorum et Scholarium），其后演而为知识之总汇（Universitat Litterarum），而此后各国大学即取其总义为名。欧洲最早之大学，为十二、十三世纪间在意大利、法兰西、西班牙诸国所设者；十四世纪以后，盛行于德语诸国，即专设神学、法学、医学、哲学四科者是也。其初注重应用，几以哲学为前三科之预科。及科学与文哲之学各别发展，具有独立资格，遂演化而为文、理两科。然德语诸国，为哲学一科如故也。拿破仑时代，曾以神学、法学、医学为养成教士、法吏、医生之所，因指文理科为养成中学以上教员之所。各国虽不必皆有此种明文，而事实上自然有此趋势。所以各国皆于中学校以外，设师范学校，以养成小学教员；而于大学外，特设高等师范学校，以养成中学教员者，不多见也。法国于革命时，曾解散大学为各种专门学校；但其后又集合之而组为大学，均不设神学科，而另设药科；惟新自德国争回史太师埠之大学，有天主教与耶稣教之神学科各一，为例外耳。法国分全国为十七大学区，大学总长兼该区教育厅长，不特为大学内部之行政长，而一区以内中小学校及其他一切教育行政，皆受其统辖焉。其保留中古时代教者与学者总会之旧制者，为英国之牛津、剑桥两大学。牛津由二十精舍（College）组成，剑桥由十七精舍组成。每一精舍，均为教员与学生共同生活之所。每一教员为若干学生之导师，示以为学之次第而监督之。学生于求学以外，尤须努力于交际与运动，以为养成绅士资格之训练。

大学教员有教授、额外教授与讲师等，以一定时间，在教室讲授学理。其为实地练习者，有研究所、实验室、病院等。研究所（Seminal或作Tuotitut）大抵为文、法等科而设，备有图书及其他必要之参考品。本为高等学生练习课程之机关，故常有一种课程，由教员指定条目，举出参考书，令学生同时研究，而分期报告，以资讨论。亦或指定名著，分段研讨，与讲义相辅而行。而教员与毕业生之有志研究学术者，亦即在研究所用功。如古物学、历史学、美术史等研究所，间亦附有陈列所，与地质学、生物学等陈列所相等；不但供本校师生之考察，且亦定期公开，以便校外人参观。至于较大之建设，如植物院，动物院，天文台，美术、历史、自然史、民族学等博物院，则恒由国立或市立，而大学师生有特别利用之权。实验室大抵为理科及农、工、医等科而设；然文科之心理学、教育学、美学、言语学等，亦渐渐有实验室之需要。病院为医科而设，一方面为病人施治疗，一方面即为学生实习之所也。此外，则图书馆亦为大学最要之设备。

欧洲各国大学，自牛津、剑桥而外，其中心点皆在智育。对于学生平日之行动，学校不复干涉，亦不为学生设寄宿舍。大学生自经严格的中学教育以后，多能自治，学校不妨放任也。惟中古时代学生组合之遗风，演存于德语诸国者，尚有一种学生会。每一学生会，各有其特别之服装与徽章，遇学校典礼，如开学式、纪念会等，各会之学生，盛装驱车，招摇过市，而集于大学之礼堂，参与仪式焉。平日低年级学生有服役于高级生之义务，时时高会豪饮，又相与练习击剑之术。有时甲会与乙会有睚眦之怨，则相约而斗剑，非劈面流血不止。此等私斗之举，为警章所禁；而政府以其有尚武爱国之寓意，则故放任之，与牛津、剑桥之注意运动者同意也。然大学人数较多者，一部分学生，或以家贫，不能供入会费用；或以思想自由，不愿作无意识举动，则不入中古式之学生会，而有自由学生之号。所组织者，率为研究学术与服务社会之团体。大学生注重体育，为各国通例；美国大学，且有一部分学生，特受军事教育者。不特卫生道德，受其影响，而且为他日捍卫国家之准备。吾国各大学，近年于各种体育设备以外，又有学生军之组织，亦此意也。

大学有给予学位之权。德语诸国，仅有博士（Doktor）一级。学生非研究有得，提出论文，经本科教员认可，而又经过主课一种、副课两种之口试，完全通过者，不能得博士学位，即不能毕业。英语诸国，则有三级：第一学士（Bachelor of Arts）；第二硕士（Master of Arts）；第三博士。法国亦于博士以前有学士（La Licence）一级。大学又得以博士名义赠与世界著名学者，或国际上有特别关系之人物。

大学初设，惟有男生。其后虽间收女生，而入学之资格，学位之授予，均有严格制限。偶有特设女子大学者，程度亦较低。近年男女平权之理论，逐渐推行，女子求入大学者，人数渐多；于是男女同入大学及同得学位之待遇，遂通行于各国。

大学行政自由之程度，各国不同。法国教育权，集中于政府；大学皆国立，校长由政府任命之。英、美各国，大学多私立，经济权操于董事会，校长由董事会延聘之。德国各大学，或国立，或市立，而其行政权集中于大学之评议会。评议会由校长、大学法官、各科学长与一部分教授组成之。校长及学长，由评议会选举，一年一任。凡愿任大学教员者，于毕业大学而得博士学位后，继续研究；提出论文，经专门教授认可后，复在教授会受各有关系学科诸教授之质问，皆通过；又为公开讲演一次，始得为讲师。其后以著作与名誉之增进，值一时机，进而为额外教授，又递进而为教授，纯属于大学内部之条件也。

大学以思想自由为原则。在中古时代，大学教科受教会干涉，教员不得以违禁书籍授学生。近代思想自由之公例，既被公认，能完全实现之者，厥惟大学。大学教员所发表之思想，不但不受任何宗教或政党之拘束，亦不受任何著名学者之牵掣。苟其确有所见，而言之成理，则虽在一校中，两相反对之学说，不妨同时并行，而一任学生之比较而选择，此大学之所以为大也。大学自然为教授学生而设，然演讲既深，已成为教员与学生共同研究之机关。所以一种讲义，听者或数百人以至千余人；而别有一种讲义，听者或仅数人。在学术上之价值，初不以是为轩轾也。如讲座及研究所之设备，既已成立，则虽无一学生，而教员自行研究，以其所得，贡献于世界，不必以学生之有无为作辍也。

受大学教育者，亦不必以大学生为限。各国大学均有收旁听生之例，不问预备程度，听其选择自由。又有一种公开讲演，或许校外人与学生同听，或专为校外人而设，务与普通服务之时间不相冲突。此所以谋大学教育之普及也。

吾国文化运动之过去与将来

吾人一说到文化运动，就不能不联想到欧洲的文艺复兴，因为他实在是文化运动上最显著的一个例证。在空间上，发起于意大利，次第到英、法、德诸国，渐渐的普及于全欧。在时间上，发端于十三、十四世纪之间，极盛于十六世纪，对于最近几世纪，也还有不少的影响。在内容上，以思想自由为原则，所以产生适合人情的文艺，注重实证的科学，提倡人权的理论，后来宗教改革，美、法共和，也是要推源于此的。

因而观察我国的文化运动，也可用欧洲的文艺复兴作一种参证。我国当战国时代，诸子百家，同时并起，可以当欧洲的希腊。后来，汉武帝用董仲舒议罢黜百家，儒家言俨然有国教的资格，与欧洲中古时代的基督教相当。此后，由印度输入佛教，民间的多神信仰，又仿佛教而编为道教，然亦不能夺儒家之席，而渐被其同化。到宋、明时代，儒者又把佛、道两家抽象的理论，融合到儒家学说里面去，就叫理学。这正与欧洲中古时代的烦琐哲学相当。直至清代，学者始渐悟空淡理义之无谓，乃用归纳法，治诂训考订，名曰汉学，即含有复古的意义；而经、子并治，恢复到董仲舒以前的状况了。到戊戌政变时代，有昌言改制、利用西学的运动，但仍依托孔教，正如文艺复兴时代，美术的形式，虽融入希腊风，但所取材料，还不脱基督教经典，也是过渡时期所不能免的现象。

直至辛亥革命，思想开放，政治上虽并不能实行同盟会的主张，而孙先生重科学、扩民权的大义，已渐布潜势力于文化上。至《新青年》盛行，五四运动勃发，而轩然起一大波，其波动至今未已。那时候以文学革命为出发点，而以科学及民治为归宿点（《新青年》中称为赛先生与德先生，就是英文中Science与Democracy两字简译）。文学革命的工作，是语体文、语体诗。古代语体小说的整理与表彰，西洋小说的翻译，传说、民歌的搜集，话剧的试验，都是以现代的人说现代的话，打破摹仿盲从的旧习，正犹民族复兴以后，意、法、英、德各民族，渐改拉丁文著书的习惯，而用本民族的语言，正是民族思想解放的特征。在这个时候，知识阶级已觉悟单靠得学位，图饭碗，并不算是学者，渴望有一种研究的机关。十几年来，次第成立的有中央研究院、北平研究院，最近有中山文化教育馆的研究部。各大学，如北京、清华、燕京等，亦往往设研究所；最近教育部且通令各大学建设研究机关。而其他学术团体，除科学社成立在先外，如普通性质的中华学艺社，专门性质的地质、生物、物理、化学、农学、工程、经济、社会等学会，都在这个时间次第成立了。一方面，那时候的学者，都感觉到我们四万万同胞中，识字的、有常识的人实在太少了，有这些没有受过教育的大多数人，无论有何等完善的宪法，是不过供少数知识阶级的工具，于全民是没有关系的。大家认孙先生于宪政时期以前设一个训政时期，是最妥当的；而且，自命为知识阶级的，尤不可不负训政的责任。除各级党部尽力于民众训练外，其他特别组织，如河北的定县，山东的邹平，江苏的徐公桥、黄墟、无锡、善人桥等，均以开通民智、改良敝俗为全民政治的准备。这种运动的方向是很对的。

我们读孙先生的三民主义，完全用语体文记录出来，是给我们一种作文的标准。孙先生说："我们要学外国，是要迎头赶上去，不要向后跟着他。譬如学科学，迎头赶上去，便可以减少两百多年的光阴。"孙先生又说："以人民管理政事，便是民权……现在是什么世界呢？就是民权世界。"我们用这两种标准，来检点十余年来的文化运动，明明合于标准的，知道没有错误。我们以后还是照这方向努力运动，也一定不是错误，我们可以自信的了。

武训先生提醒我们

我国有普及教育的必要，是人人所公认的。但是至今还未能实行，一因师资不足，二因经费难筹，这也是人人所公认的。但师资的缺乏也与经费有关，所以最困难的问题，还是经费。

武先生看出文盲的需要教育，与饿丐的需要饮食一样，而普通人虽肯以余食施饿丐，却不肯以余钱助教育，这是一种近视的习惯。武先生利用这种习惯，乃以饿丐为需要教育者的象征，以饿丐所得余食与余钱为教育经费的象征。积历年乞食之所得足以办三义学而有余，可见筹款不算很难，而筹款的人要能如武先生的刻苦而诚恳，是不容易得的。

武先生似乎对我们说：你们不要再说教育经费难筹了，只要你们能刻苦而诚恳就好了！这是武先生提醒我们的。

关于读经问题

读经问题，是现在有些人主张：自小学起，凡学生都应在十三经中选出一部或一部以上作为读本的问题。为大学国文系的学生讲一点《诗经》，为历史系的学生讲一点《书经》与《春秋》，为哲学系的学生讲一点《论语》《孟子》《易传》与《礼记》，是可以赞成的。为中学生选几篇经传的文章，编入文言文读本，也是可以赞成的。若要小学生也读一点经，我觉得不妥当，认为无益而有损。

在主张读经的人，一定为经中有很好的格言，可以终身应用，所以要读熟他。但是有用的格言，我们可以用别种方式发挥他，不一定要用原文，例如《论语》说恕字，是“己所不欲，勿施于人”。又说是：“我不欲人之加诸我也，我亦欲无加诸人。”在《礼记·中庸》篇说是：“施诸己而不愿，亦勿施诸人。”在《大学》篇说是：“絜矩之道：所恶于上，毋以使下；所恶于下，毋以事上；所恶于前，毋以先后；所恶于后，毋以从前；所恶于右，毋以交于左；所恶于左，毋以交于右。”在《孟子》说：“爱人者人恒爱之；敬人者人恒敬之。”又说：“杀人之父，人亦杀其父；杀人之兄，人亦杀其兄。”这当然都是颠扑不破的格言，但太抽象了，儿童不容易领会。我们若用“并坐不横肱”等具体事件，或用“狐以盘饷鹤，鹤以瓶饷狐”等寓言证明这种理论，反能引起兴趣。又如《论语》说：“志士仁人，有杀身以成仁，无求生以害仁。”《孟子》说：“生，我所欲也；义，亦我所欲也。二者不可得兼，舍生而取义者也。”也说得斩钉截铁的样子，但是同儿童说明，甚难了解。我们若是借黄花冈七十二烈士或其他先烈的传记来证明，就比较的有意思了。所以我认呆读经文，没有多大益处。在司马迁《史记》里面，引《书经》的话，已经用翻译法，为什么我们这个时代还要小孩子读经书原文呢？

经书里面，有许多不合于现代事实的话，在古人们处他们的时代，不能怪他；若用以教现代的儿童，就不相宜了。例如尊君卑臣、尊男卑女一类的话。又每一部中总有后代人不容易了解的话，《论语》是最平易近人的，然而“凤凰不至”“子见南子”“色斯举矣”等章，古今成年人都解释不明白，要叫小孩子们硬读，不怕窒碍他们的脑力么？《易经》全部，都是吉凶悔吝等信仰卜筮的话，一展卷就说“潜龙”“飞龙”。《诗经》是“国风好色”，“小雅怨诽”，在成人或可体会那不淫不乱的界限，怎样同儿童讲明呢？一开卷就是“窈窕淑女，君子好逑”，《牡丹亭》曲本里的杜丽娘，就因此而引起伤春病，虽是寓言，却实有可以注意的地方。所以我认为小学生读经，是有害的，中学生读整部的经，也是有害的。

孔子之精神生活

精神生活，是与物质生活对待的名词。孔子尚中庸，并没有绝对的排斥物质生活，如墨子以自苦为极，如佛教的一切惟心造；例如《论语》所记“失饪不食，不时不食”“狐貉之厚以居”，谓“卫公子荆善居室”“从大夫之后，不可以徒行”，对于衣食住行，大抵持一种素富贵行乎富贵、素贫贱行乎贫贱的态度。但使物质生活与精神生活在不可兼得的时候，孔子一定偏重精神方面。例如孔子说：“饭疏食，饮水，曲肱而枕之，乐亦在其中矣；不义而富且贵，于我如浮云。”可以见他的精神生活，是决不为物质生活所摇动的。今请把他的精神生活分三方面来观察。

第一，在智的方面。孔子是一个爱智的人，尝说：“盖有不知而作之者，我无是也；多闻，择其善者而从之，多见而识之。”又说“多闻阙疑”“多见阙殆”，又说：“知之为知之，不知为不知，是知也。”可以见他的爱智，是毫不含糊，决非强不知为知的。他教弟子通礼、乐、射、御、书、数的六艺，又为分设德行、言语、政事、文学四科。彼劝人学诗，在心理上指出“兴”“观”“群”“怨”，在伦理上指出“事父”“事君”，在生物上指出“多识于鸟兽草木之名”。（他如《国语》说：孔子识肃慎氏之石砮，防风氏骨节，是考古学；《家语》说：孔子知萍实，知商羊，是生物学；但都不甚可信。）可以见知力范围的广大。至于知力的最高点，是道，就是最后的目的，所以说："朝闻道，夕死可矣。"这是何等的高尚！

第二，在仁的方面。从亲爱起点，"泛爱众，而亲仁"，便是仁的出发点。他的进行的方法用恕字，消极的是"己所不欲，勿施于人"；积极的是"己欲立而立人，己欲达而达人"。他的普遍的要求，是"君子无终食之间违仁，造次必于是，颠沛必于是"。他的最高点，是"伯夷、叔齐，古之贤人也，求仁而得仁，又何怨""志士仁人，无求生以害仁，有杀身以成仁"。这是何等伟大！

第三，在勇的方面。消极的以见义不为为无勇；积极的以童汪踦能执干戈卫社稷可无殇。但孔子对于勇，却不同仁、智的无限推进，而时加以节制。例如说："小不忍则乱大谋""一朝之忿，忘其身以及其亲，非惑欤？""好勇不好学，其蔽也乱""君子有勇而无义为乱，小人有勇而无义为盗""暴虎凭河，死而无悔者，吾不与焉，必也临事而惧，好谋而成者也"。这又是何等的谨慎！

孔了的精神生活，除上列三方面观察外，尚有两特点：一是毫无宗教的迷信，二是利用美术的陶养。孔子也言天，也言命，照孟子的解释，莫之为而为是天，莫之致而至是命，等于数学上的未知数，毫无宗教的气味。凡宗教不是多神，便是一神；孔子不语神，敬鬼神而远之，说"未能事人，焉能事鬼？"完全置鬼神于存而不论之列。凡宗教总有一种死后的世界；孔子说："未知生，焉知死？”“之死而致死之，不仁而不可为也；之死而致生之，不知而不可为也”，毫不能用天堂地狱等说来附会他。凡宗教总有一种祈祷的效验，孔子说，“丘之祷久矣”“获罪于天，无所祷也”，毫不觉得祈祷的必要。所以孔子的精神上，毫无宗教的份子。

孔子的时代，建筑、雕刻、图画等美术，虽然有一点萌芽，还算是实用与装饰的工具，而不认为独立的美术；那时候认为纯粹美术的是音乐。孔子以乐为六艺之一，在齐闻韶，三月不知肉味，谓：“韶尽美矣，又尽善也。”对于音乐的美感，是后人所不及的。

孔子所处的环境与二千年后的今日，很有差别；我们不能说孔子的语言到今日还是句句有价值，也不敢说孔子的行为到今日还是样样可以做模范。但是抽象的提出他精神生活的概略，以智、仁、勇为范围，无宗教的迷信而有音乐的陶养，这是完全可以为师法的。

我在教育界的经验

我自六岁至十七岁，均受教育于私塾；而十八岁至十九岁，即充塾师（民元前廿九年及廿八年）；廿八岁又在李莼客先生京寓中充塾师半年（前十八年）。所教的学生，自六岁至二十余岁不等。教课是练习国文，并没有数学与其他科学。但是教国文的方法，有两件是与现在的教授法相近的：一是对课，二是作八股文。对课与现在的造句法相近。大约由一字到四字，先生出上联，学生想出下联来。不但名词要对名词，静词要对静词，动词要对动词；而且每一种词里面，又要取其品性相近的。例如先生出一山字，是名词，就要用海字或水字来对他，因为都是地理的名词。又如出桃红二字，就要用柳绿或薇紫等词来对他；第一字都用植物的名词，第二字都用颜色的静词。别的可以类推。这一种功课，不但是作文的开始，也是作诗的基础。所以对到四字课的时候，先生还要用圈发的法子，指示平仄的相对。平声字圈在左下角，上声在左上角，去声右上角，入声右下角。学生作对子时，最好用平声对仄声，仄声对平声（仄声包上、去、入三声）。等到四字对作得合格了，就可以学五言诗，不要再作对子了。

八股文的作法，先作破题，止两句，把题目的大意说一说。破题作得合格了，乃试作承题，约四五句。承题作得合格了，乃试作起讲，大约十余句。起讲作得合格了，乃作全篇。全篇的作法，是起讲后，先讲领题，其后分作八股（六股亦可），每两股都是相对的。最后作一结论。由简而繁，确是一种学文的方法。但起讲、承题、破题，都是全篇的雏形；那时候作承题时仍有破题，作起讲时仍有破题、承题，作全篇时仍有破题、承题、起讲，实在是重床叠架了。

我三十二岁（前十四年）九月间，自北京回绍兴，任中西学堂监督，这是我服务于新式学校的开始。这个学堂是用绍兴公款设立的。依学生程度，分三斋，略如今日高小、初中、高中的一年级。今之北京大学校长蒋梦麟君、北大地质学教授王烈君，都是那时候第一斋的小学生。而现任中央研究院秘书的马祀光君、任浙江教育厅科员的沈光烈君，均是那时候第三斋的高材生。外国语原有英、法二种，我到校后又增日本文。教员中授哲学、文学、史学的有马湄莼、薛阆轩、马水臣诸君，授数学及理科的有杜亚泉、寿孝天诸君，主持训育的有胡钟生君，在当时的绍兴，可为极一时之选。但教员中颇有新旧派别，新一点的，笃信进化论，对于旧日尊君卑民，重男轻女的旧习，随时有所纠正，旧一点的不以为然。后来旧的运动校董，出而干涉，我遂辞职（前十三年）。

我三十五岁（前十一年）任南洋公学特班教习。那时候南洋公学还止有小学、中学的学生；因沈子培监督之提议，招特班生四十人，都是擅长古文的；拟授以外国语及经世之学，备将来经济特科之选。我充教授，而江西赵仲宣君、浙江王星垣君相继为学监。学生自由读书，写日记，送我批改。学生除在中学插班习英文外，有愿习日本文的；我不能说日语，但能看书，即用我的看书法教他们，他们就试译书。每月课文一次，也由我评改。四十人中，以邵闻泰（今名力子）、洪允祥、王世澂、胡仁源、殷祖同、谢沉（今名无量）、李同（今出家号弘一）、黄炎培、项骧、贝寿同诸君为高材生。

我三十六岁（前十年），南洋公学学生全体退学，其一部分借中国教育会之助，自组爱国学社，我亦离公学，为学社教员。那时候同任教员的吴稚晖、章太炎诸君，都喜昌言革命，并在张园开演说会，凡是来会演说的人，都是讲排满革命的。我在南洋公学时，所评改之日记及月课，本已倾向于民权女权的提倡，及到学社，受激烈环境的影响，遂亦公言革命无所忌。何海樵君自东京来，介绍我宣誓入同盟会，又介绍我入一学习炸弹制造的小组（此小组本止六人，海樵与杨笃生、苏凤初诸君均在内）。那时候学社中师生的界限很宽，程度较高的学生，一方面受教，一方面即任低级生的教员；教员热心的，一方面授课，一方面与学生同受军事训练。社中军事训练，初由何海樵、山渔昆弟担任，后来南京陆师学堂退学生来社，他们的领袖章行严、林力山二君助何君。我亦断发短装与诸社员同练步伐，至我离学社始已。

爱国学社未成立以前，我与蒋观云、乌目山僧、林少泉（后改名白水）、陈梦坡、吴彦复诸君组织一女学，命名“爱国”。初由蒋君管理，蒋君游日本，我管理。初办时，学生很少；爱国学社成立后，社员家中的妇女，均进爱国女学，学生骤增。尽义务的教员，在数理方面，有王小徐、严练如、钟宪鬯、虞和钦诸君；在文史方面，有叶浩吾、蒋竹庄诸君。一年后，我离爱国女学。我三十八岁（前八年）暑假后，又任爱国女学经理。又约我从弟国亲及龚未生、俞子夷诸君为教员。自三十六岁以后，我已决意参加革命工作。觉得革命止有两途：一是暴动，一是暗杀。在爱国学社中竭力助成军事训练，算是下暴动的种子。又以暗杀于女子更为相宜，于爱国女学，预备下暗杀的种子。一方面受苏凤初君的指导，秘密赁屋，试造炸药，并约钟宪鬯先生相助，因钟先生可向科学仪器馆采办仪器与药料。又约王小徐君试制弹壳，并接受黄克强、蒯若木诸君自东京送来的弹壳，试填炸药，由孙少侯君携往南京僻地试验。一方面在爱国女学为高材生讲法国革命史、俄国虚无党历史，并由钟先生及其馆中同志讲授理化，学分特多，为练制炸弹的预备。年长而根柢较深的学生如周怒涛等，亦介绍入同盟会，参加秘密小组。

我三十九岁（前七年），又离爱国女学。嗣后由徐紫虬、吴书箴、蒋竹庄诸君相继主持，爱国女学始渐成普通中学，而脱去从前革命性的特殊教育了。

四十岁（前六年），我到北京，在译学馆任教习，讲授国文及西洋史，仅一学期，所编讲义未完，即离馆。

四十一岁至四十五岁（前五年至一年），又为我受教育时期。第一年在柏林，习德语。后三年，在来比锡，进大学。

四十六岁（民国元年），我任教育总长，发表《对于教育方针之意见》，据清季学部忠君、尊孔、尚公、尚武、尚实的五项宗旨而加以修正，改为军国民教育、实利主义、公民道德、世界观、美育五项。前三项与尚武、尚实、尚公相等，而第四、第五两项却完全不同，以忠君与共和政体不合，尊孔与信仰自由相违，所以删去。至提出世界观教育，就是哲学的课程，意在兼采周秦诸子、印度哲学及欧洲哲学以打破二千年来墨守孔学的旧习。提出美育，因为美感是普遍性，可以破人我彼此的偏见；美感是超越性，可以破生死利害的顾忌，在教育上应特别注重。对于公民道德的纲领，揭法国革命时代所标举的自由、平等、友爱三项，用古义证明说："自由者，'富贵不能淫，贫贱不能移，威武不能屈'是也；古者盖谓之义。平等者，'己所不欲，勿施于人'是也；古者盖谓之恕。友爱者，'己欲立而立人，己欲达而达人'是也；古者盖谓之仁。"

学部旧设普通教育、专门教育两司；改教育部后，我为提倡成人教育、补习教育起见，主张增设社会教育司。

我与次长范静生君常持相对的循环论，范君说："小学没有办好，怎么能有好中学？中学没有办好，怎么能有好大学？所以我们第一步，当先把小学整顿。"我说："没有好大学，中学师资那里来？没有好中学，小学师资那里来？所以我们第一步，当先把大学整顿。"把两人的意见合起来，就是自小学以至大学，没有一方面不整顿。不过他的兴趣，偏于普通教育，就在普通教育上多参加一点意见。我的兴趣，偏于高等教育，就在高等教育上多参加一点意见罢了。

我那时候，鉴于各省所办的高等学堂，程度不齐，毕业生进大学时，甚感困难，改为大学预科，附属于大学。又鉴于高等师范学校的科学程度太低，规定逐渐停办；而中学师资，以大学毕业生再修教育学的充之。又以国立大学太少，规定于北京外，再在南京、汉口、成都、广州各设大学一所。后来我的朋友胡君适之等，对于停办各省高等学堂，发见一种缺点，就是每一省会，没有一种吸集学者的机关，使各省文化进步较缓。这个缺点，直到后来各省竞设大学时，才算补救过来。

清季的学制，于大学上，有一通儒院，为大学毕业生研究之所。我于大学令中改名为大学院，即在大学中，分设各种研究所。并规定大学高级生必须入所研究，俟所研究的问题解决后，始能毕业（此仿德国大学制）。但是各大学未能实行。

清季学制，大学中仿各国神学科的例，于文科外又设经科。我以为十四经中，如《易》《论语》《孟子》等，已入哲学系；《诗》《尔雅》，已入文学系；《尚书》、三《礼》、《大戴记》、《春秋三传》，已入史学系；无再设经科的必要，废止之。

我认大学为研究学理的机关，要偏重文理两科，所以于大学令中规定：设法商等科而不设文科者不得为大学；设医工农等科而不设理科者，亦不得为大学；但此制迄未实行。而我于任北大校长时，又觉得文理二科之划分，甚为勉强；一则科学中如地理、心理等等，兼涉文理；二则习文科者不可不兼习理科，习理科者不可不兼习文科。所以北大的编制，但分十四系，废止文理法等科别。

我五十一岁至五十八岁（民国六年至十二年），任国立北京大学校长。民国五年，我在法国，接教育部电，要我回国，任北大校长。我遂于冬间回来。到上海后，多数友人均劝不可就职，说北大腐败，恐整顿不了。也有少数劝驾的，说：腐败的总要有人去整顿，不妨试一试。我从少数友人的劝，往北京。

北京大学所以著名腐败的缘故，因初办时（称京师大学堂）设仕学、师范等馆，所收的学生，都是京官。后来虽逐渐演变，而官僚的习气，不能洗尽。学生对于专任教员，不甚欢迎；较为认真的，且被反对。独于行政、司法界官吏兼任的，特别欢迎；虽时时请假，年年发旧讲义，也不讨厌，因有此师生关系，毕业后可为奥援。所以学生于讲堂上领受讲义，及当学期、学年考试时要求题目范围特别预备外，对于学术，并没有何等兴会。讲堂以外，又没有高尚的娱乐与自动的组织，遂不得不于学校以外，竞为不正当的消遣。这就是著名腐败的总因。我于第一次对学生演说时，即揭破“大学学生，当以研究学术为天责，不当以大学为升官发财之阶梯”云云。于是广延积学与热心的教员，认真教授，以提起学生研究学问的兴会。并提倡进德会（此会为民国元年吴稚晖、李石曾、张溥泉、汪精卫诸君发起，有不赌、不嫖、不娶妾的三条基本戒，又有不作官吏、不作议员、不饮酒、不食肉、不吸烟的五条选认戒），以挽奔竞及游荡的旧习；助成体育会、音乐会、画法研究会、书法研究会，以供正当的消遣；助成消费公社、学生银行、校役夜班、平民学校、平民讲演团与《新潮》等杂志，以发扬学生自动的精神，养成服务社会的能力。

北大的整顿，自文科起。旧教员中如沈尹默、沈兼士、钱玄同诸君，本已启革新的端绪；自陈独秀君来任学长，胡适之、刘半农、周豫才、周岂明诸君来任教员，而文学革命、思想自由的风气，遂大流行。理科自李仲揆、丁巽甫、王抚五、颜任光、李书华诸君来任教授后，内容始以渐充实。北大旧日的法科，本最离奇，因本国尚无成文之公、私法，乃讲外国法，分为三组：一曰德日法，习德文、日文的听讲；二曰英美法，习英文的听讲；三曰法国法，习法文的听讲。我深不以为然，主张授比较法，而那时教员中能授比较法的，止有王亮畴、罗钧任二君。二君均服务司法部，止能任讲师，不能任教授。所以通盘改革，甚为不易。直到王雪艇、周鲠生诸君来任教授后，始组成正式的法科，而学生亦渐去猎官的陋见，引起求学的兴会。

我对于各家学说，依各国大学通例，循思想自由原则，兼容并包。无论何种学派，苟其言之成理，持之有故，尚不达自然淘汰之运命，即使彼此相反，也听他们自由发展。例如陈君介石、陈君汉章一派的文史，与沈君尹默一派不同；黄君季刚一派的文学，又与胡君适之的一派不同；那时候各行其是，并不相妨。对于外国语，也力矫偏重英语的旧习，增设法、德、俄诸国文学系，即世界语亦列为选科。

那时候，受过中等教育的女生，有愿进大学的；各大学不敢提议于教育部。我说：一提议，必通不过。其实学制上并没有专收男生的明文；如招考时有女生来报名，可即著录；如考试及格，可准其就学。请从北大始。于是北大就首先兼收女生，各大学仿行，教育部也默许了。

我于民国十二年离北大，但尚居校长名义，由蒋君梦麟代理，直到十五年自欧洲归来，始完全脱离。

我六十一岁至六十二岁（十六年至十七年）任大学院院长。大学院的组织，与教育部大概相同，因李君石曾提议试行大学区制，选取此名。大学区的组织，是摹仿法国的。法国分全国为十六大学区，每区设一大学，区内各种教育事业，都由大学校长管理。这种制度优于省教育厅与市教育局的一点，就是大学有多数学者，多数设备，决非厅局所能及。我们为心醉合议制，还设有大学委员会，聘教育界先进吴稚晖、李石曾诸君为委员。由委员会决议，先在北平（包河北省）、江苏、浙江试办大学区。行了年余，常有反对的人，甚至疑命名“大学”，有蔑视普通教育的趋势，提议于大学院外再设一教育部的。我遂自动的辞职，而政府也就改大学院为教育部；试办的三大学区，从此也取消了，

我在大学院的时候，请杨君杏佛相助。我素来宽容而迂缓，杨君精悍而机警，正可以他之长补我之短。正与元年我在教育部时，请范君静生相助，我偏于理想，而范君注重实战，以他所长补我之短一样。

大学院时代，院中设国际出版品交换处，后来移交中央研究院，近年又移交中央图书馆。

大学院时代，设国立音乐学校于上海，请音乐专家萧君友梅为校长（第一年萧君谦让，由我居校长之名）。增设国立艺术学校于杭州，请图画专家林君风眠为校长。又计划第一次全国美术展览会，但此会开办时，我已离大学院了。

大学院时代，设特约著作员，聘国内在学术上有贡献而不兼有给职者充之，听其自由著作，每月酌送补助费。吴稚晖、李石曾、周豫才诸君皆受聘。

我于六十一岁时，参加中央政治会议，曾与吴稚晖、李石曾、张静江诸君提议在首都、北平、浙江等处，设立研究院，通过。首都一院，由大学院筹办，名曰国立中央研究院。十七年开办，我以大学院长兼任中央研究院长。我离大学院后，专任研究院院长，与教育界虽非无间接的关系，但对于教育行政，不复参与了。

徐锡麟墓表

有明之亡，集义师，凭孤城，以与异族相抗者，于浙为最烈；而文字之狱，亦甲于诸省。故光复之思想，数百年未沫。自晚村以至定盦，其间虽未有伟大之著作为吾人所发见，而要其绵绵不绝之思潮，则人人得而心摹之。

在所见世以言论鼓吹光复者，莫如余杭章先生炳麟；而实力准备者，莫如山阴徐先生锡麟，及会稽陶先生成章。顾章、陶两先生，皆及见清帝之退位，中华民国之成立；而徐先生乃于前五年赍志以没。其没也，又为光复史中构造一最重大之纪念，此后死者之所以尤凭吊流连而不能自已者也。

徐先生，字伯荪，浙江山阴人也。少时，治算学及天文学，廓然有感于因果之定律，宇宙之溥博而悠久，他日杀身成仁之决心，托始于是矣。其后，为家庭教师，以光复大义授弟子许克丞。继为绍兴中学堂教习，以尚武主义为学生倡，并以时涉历诸暨、嵊诸县，交其健者，以大义运动之。及至上海，由蔡元培、元康昆弟之介绍，而与陶成章合。成章方以嘉兴敖嘉熊、龚国铨诸志士之倾助，而奔走金华、衢、严诸府，运动其秘密会党，有成议。两先生既成交，浙江诸会党有统一之机。于是相率至绍兴，谋以绍兴为根据地，施军事教育，为革命军预备。许克丞愿任经费设武备学堂，格于例不果；乃设大通师范学堂，凡浙东秘密会党诸魁桀，皆以是为交通总机关，各遣其相当之徒属就学焉。公然陈武装，演说革命，乡里窃窃然议之，而先生善交欢清吏，得无恙；然亦于其间积种种经验，知不惟绍兴，即浙江一隅，亦未足以大举。乃由许克丞出资，为先生及成章、鼎铨、陈子英分别捐道员若知府，相率赴日本，学陆军，定议毕业后捐请分发重要都会，揽其兵柄。无何，试验不及格，均不克入联队。

先生先返，偕克丞以道员赴湖北，以其地占全国形势，而练军亦较他省为精劲，可利用。时湖北适停分发，乃赴安徽。初主陆军小学；逾年，移主巡警学堂。安徽故多会党，即练军亦间有具新思想者。先生既至，颇欲从容布置，谋定而后动；会女侠秋瑾偕嵊县平阳党魁祝兆康、王镜发等驰书促举事；陶成章在日本亦数数相责备；而巡抚恩铭又微露疑先生意；先生乃与同志陈伯平、马家（宗）汉谋，乘五月二十八日举行巡警生毕业式，诸大吏毕集，尽杀之，以乱军心；亦檄召浙江诸豪刻期会安庆。无何，恩铭令改期，以二十六日至。先生不及俟援军，及期，出手枪击恩铭，死之；他吏散走。先生率巡警生百余人占军械局，为敌兵所击散，先生被执。清吏搜先生室，得布告，有云：“与我同胞，共复旧业，重建新国，图共和之幸福。”及被鞫，而宣言则又谓：革命人人可能，若以中央集权为立宪，立宪愈快，革命亦愈快。越五年，而其言皆验矣。二十七日，清吏杀先生，剜其心以祭恩铭，而稿葬之。及中华民国成立，先生之弟锡□、锡骥等，始克迎先生之榇以归里。元年九月，葬诸西湖之堧。同里蔡元培，于先生为同志，爰表先生之大节于墓前，以告下马而展谒者，使知吾辈之自由幸福，得诸徐先生之赐者，殊非浅鲜焉。

亡友胡钟生传

民国纪元前二年八月十五日，吾友胡君钟生，忽被暗杀于绍兴之清查公产事务所。君总理清查公产事务，甫及旬日也。是日黎明，有二人为佣仆状，趋事务所，谓门者曰："胡先生家昨被盗，特来报，愿见胡先生。"门者入，一人尾之。是时，君未起，闻门者言，急披衣出。尾者忽出手枪，击君，未中，君却走，尾者追之，复发两弹，皆中。众闻警毕集，则击者已遗两履而逸矣。君创甚，逾四时而卒。

方君之将卒也，自言生平待人以诚，无私仇，意颇以是日之祸，为源于秋案。子豫至，询刺者为谁？君又以下流学界答之。于是，闻者拟议此案之所由，亦辄曰秋案！秋案！秋案者，秋君瑾被害案也。秋君一案，酿成于绍兴知府贵福之电请，而说者则谓其端实发起于绍兴绅士之告密。当时被告密的嫌疑而为人所指目者颇多，而君亦居其一。君之不为此，当时即有人证明之，至今日而尤大白。顾其时构造此案之渠魁，如张曾敭、贵福、李光益辈，曾莫敢动其毫发，即告密之证据较为确实者，亦皆未尝为复仇者之鹄的；独君以稍稍涉嫌疑故，后秋案四年而以身殉之；世事之不平，宁有甚于此者？且以君之谨慎笃厚，急公尚义，方为乡里矜式，而无端横死，尤可悲也。

君讳道南，字任臣，钟生其号，浙江山阴县人，今绍兴县也。曾祖朝伦，祖鹏飞，父祖荫，皆以文士试为吏。君幼而颖悟，十五岁为县学生，二十八岁举于乡。七应会试，不第。方挑二等，以教职用，摄长兴县学教谕。后赴拣选，以知县分省序补。君内行甚修，跬步不苟，而不肯以道学为标榜。豪饮，善谑，对于倜傥之士，亦未尝非之。自奉甚俭，而欣助戚友。提倡公益，视力所及不之吝。以依附达官贵人为耻；而于乡先生之畜道德、能文章者，恒敬礼之。于后辈，温温然无倨色。于仆役，尤和易。治公事，猝然舍权利，尽义务。尝任绍兴中西学堂监学，以门房为监学室，日治事其中，稽查学生出入，而不支俸给。其他君所任事，大率如是。好读书，为诗古文辞，雅驯而绵密，然亦不守旧。岁戊戌，与新昌童君学琦设《经世报》，延章君炳麟为撰述员。当秋君瑾初回绍兴，君于中学堂外课，以《读秋女士诗书后》命题，有欲以是陷君者，君不之惧。余与徐君锡麟，皆君故交，而昌言革命，君亦不以为忤。盖君之责己也严以周，而责人则宽以约。其论人也，常以动机为断，而不屑屑然责以边幅也。以阅书报为开风气之捷法，所至以是劝人。在长兴教谕任，尤力行之。居乡里时，尤尽力于教育界，尝为明道女学校校长、中学堂监督、劝学所总董。临卒，尤拳拳于张溇曙光两等小学、管墅启林初等小学焉。君之卒也，四十有九。子一，豫，字孟乐，毕业于日本早稻田大学之师范科，能从君之志。君所著有《愧庐杂文诗稿》《肊言》《西学识小录》《齐唖蛰庐杂志》《长兴学官记略》《越谚考》《客谈录》，均藏于家。

蔡元培曰：予之交君，始于二十年以前。君之于予，周其困而规其过，若昆弟然。其后，在中西学堂，在学务公所，数数共事。予之急进主义，虽不为君所赞同，而吾两人相信相爱，一如曩昔。秋案之起，余适在德意志。其时上海报纸颇集矢于君等，然予于君，固儒行所谓久不相见闻流言不信者，能决君之不为此也。予未归，而君乃竟以此遇害。清祚既移，秋案之始末公布，而君之冤乃大白。然死者不可复生，君则长此已矣，哀哉！说者谓：自君之死，号为秋君复仇者，慑于同志之责备，而不敢复肆其冒昧之毒手；凡与君同被嫌疑，遂皆缘是而保全。然则君之一死，盖亦有舍己为群之义寓乎其间。其亦稍稍足以杀爱君者之悲愤也与！

闻方君瑛自尽志感

余之识女士也，始于民国二年。是时，余偕眷属寓巴黎左近科仑布之华侨学会，而女士则自蒙达尼来。询知女士为余友方雨亭先生之侄。雨亭先生曩在北京，与余时相过从，恂恂然长者也。及一行作吏莅吾浙，兴利除弊，以干练著，殆所谓寓精明于浑厚者与。余初见女士粹然诚恳婉娩之态度，谭仲逵先生为余言女士留法近况，则于求学以外，抚爱弟妹，且抚爱友人之子女，亦犹是诚恳婉娩之态度也。然而女士之历史，则曾投身于黄花岗七十二烈士之役，曾投身于刺清摄政王之役，其激烈为何如者！余于是益因女士而返想雨亭先生不置。夫色厉内荏，孔子比之穿窬，其卑劣诚不足道。若乃性有温激，表里如一，则诚不失为君子矣。然而温和之过，或见义而不为；激烈之过，或无的而放矢。则于常变之际，失事机而乱大谋者，良复不鲜；素位而行义之与比，如女士者，可以风矣。

古之妇学，有德言容工诸目，当有专门教授之组织。其后普通女子，率于家庭间转相传授，其途径较隘，亦偶有读书、吟诗、作书画者，以希为贵，率过自矜异骛声华，致招“无才是德”之诮。自女校渐兴，教育本期普及，而力不能入校者尚多，幸得入校而毕业，而往往蔑视彼不能入校者，曾勿之哀矜而转以长傲，盖犹有往者才子名士之遗习焉。女士在国内受教育甚久，民国纪元以来，留法十一年，研究师范，循序渐进。今年膺执信学校之敦请而归国。汪精卫先生为余言，女士所学甚精进，而常歉然不自足，有若无，实若虚，如女士者，可以风矣。

呜呼，女士死矣！既束装将由上海赴广州服务于执信学校，乃竟于启行前一日，不胜其厌世之感念而自尽，岂特执信学校之不幸，实全国教育界之不幸也。前一年，女士在法曾于散步中为摩脱车所撞而仆地，伤脑甚剧，虽疗治有效，而头痛时作。归国后，常甚苦之。遗书以社会罪浊、力不能挽为自尽之主因，盖当神经衰弱之际，又受环境上种种之刺激，遂绝望而出此也。

昔吾友杨笃生先生，热诚革命，而欲取径于暗杀，乃习制炸弹，既得造药法，而苦于弹壳之不中用，乃自研物理、机械之学，以早年偏攻文学，理科之基础知识不满足，事倍而功半，脑力不赡，则服磷制之补脑药以促之，因而得头痛疾。在英留学，入机械展览会，冀有所得，而不能悉了解，愤愤，头痛益剧，遂自沈于利物浦以死。其遗书言，甚欲归国杀一二满人而以身殉之，然途远病剧，迫不及待，云云。呜呼，女士之迫不及待，其亦犹杨先生与！杨先生愤汉族之陵夷，不及见革命之成而先死；女士愤社会之恶浊，亦不及待改良计划之实施而先死。心理之冲激，半亦生理之压迫致之。我辈后死者，慎无以精神一到何事不成之自信力，而致忽于生理哉！

祭孙中山文

呜呼！先生生于世者六十年，而奔走革命者四十载。其动机于救人，其效极乎博爱。至大至刚，充塞宇内。百折不挠，有进无退。革命垂成，百废俱兴。方欣日月之朗曜，遽痛山冢之猝崩。晚进之士，何诉何承？譬若楼船之失舵，亦如暗室之无灯。

所可稍慰者，遗言具在，有赫然之典型。所应自励者，一致奋斗，将继先生之志以有成。凡先生之所诏示，至大如《建国方略》，至高如《三民主义》，无不以学术为基础，而予吾人以应出之途程。尤扼要者，谓革命之根本，在求学问之深且闳。所宜服膺勿失，刻苦砥砺，以共策夫科学之发荣。

兹当国葬大典，敬献香花一束，表明德之芳馨。佐以清樽，湛然酴醽。呜呼！有尽者言词，不尽者伊怨凄楚之情。灵爽匪遥，鉴此精诚。

秋瑾纪念碑记

中华民国十六年春，国民革命军戡定浙江，士庶欢乐。追念成功所自，莫不歌颂诸先烈之首犯大难，有以启之。而吾乡先烈，自徐先生锡麟与陶先生成章而后，以秋先生瑾为最著。民国之初，徐先生祠于西郭，陶先生祠于东湖，各有瞻仰之所，惟秋先生迄无表彰，隆礼阙然。

于是邑人王君世裕等，慨念兴起，议建祠、筑亭，永昭功烈，具状政府言其事，并请款。会中央有不立专祠之决议，旋奉国民政府令，依内政部议准，建风雨亭及纪念碑，其经费由省政府会县估定。筹拨令既下，邑人之心大慰，乃遂相度地势，众意咸谓轩亭口为先生正命之地，宜建纪念碑；卧龙山之巅，近西南处，可下瞰当年先生拘系之典史署，宜建风雨亭。鸠工庀材，不日成事。亭取“秋雨秋风”之句以为名。咏其诗想见其为人，流连凭吊，情不自已。而轩亭口人烟稠密，往来肩摩，睹纪念碑之矗立，尤足以感动群情，廉顽立懦。盖必有后人继起建设，而先烈之勇往牺牲始不虚。然则是碑与亭，固为革命缔造之先，实以群众兴奋之剂，宜与徐、陶纪念，鼎分辉映云。

萧伯纳颇有老当益壮的感想

萧伯纳年已七七，须发皓然，而言语爽利，举动轻便，毫无老态。但在前日闲谈中，自言：

> 初入老境时，大家觉得萧老了，不必再看他的作品了；到了现在，又觉得萧老而益壮，又要看他的作品了。

他虽然不大喜欢作庄语，然而这两句话，似乎出于真的感想。

我们的文学家，常有“才尽”或“老年颓唐”等评语，老年作品的减色，容或有之；但萧氏的近作，却还没有听到“逊色”的评判。我想他的两句话，是读者心理的状态。美学的试验，知道吾人对于最新的美的接触，有两种态度：学惊其新奇而诧为尽美，或嫌其格格不相入而斥为非美。但此斥为非美的对象，若屡屡接触，则渐与相习，而认识其美点，此为第一转变。若久与之习，则又不觉其美，如入芝兰之室，久而不闻其香，此为第二转变。萧氏所说“不必看他作品”的话，当是读者心理上第二转变时期的状况。然后来看他倔强犹昔，不觉又引起好奇之心，加以萧氏游俄以后，能言人所不敢言，尤足引起同情，故又转而欢迎他的作品了。

章太炎革命行述

章氏幼年情形，本人不甚深知。某年，余由杭去临安，过余杭，始初识章氏，时年二十有余，方作《訄书》也。辛丑，章即去发辫，徜徉过市，复倡排满革命之说，邻里侧目。章氏太炎之名，实慕明末清初学者黄太冲、顾炎武之为人而取。时杭州有《经世报》者，章常著论辱骂政府，鼓吹革命。终因环境关系，未久，即来上海，为《苏报》《民报》撰稿。迨“苏报案”发，章及多人被捕。他人即经营救出狱，惟章以《驳康有为书》中，有骂光绪为“小丑”字样，经判禁西牢三年，与陈蜕庵同狱。余时往探视，并递送书籍及零用钱。出狱时，章剃一光头，人谓恐风吹伤脑。章笑曰：刀尚不怕，乌论风吹。乃东渡日本，在东京讲学，听者均年长于章，而国学根蒂甚深者，一时对留东学生影响甚大。复在北京大学及现中央大学中国文学系教授中，不乏章氏彼时之高足。中年而后，犹不忘情政治，对时局时有通电，发表主张。近年复致力讲学，惜未竟全功，而遽归道山，殊人怀念不置。

记鲁迅先生轶事

鲁迅先生去世，是现代文学界大损失，不但我国人这样说，就是日本与苏联的文学家也这样说，可说是异口同声了。鲁迅先生的事迹，除自传外，各报发表的也不少，无取乎复述。我现在记他的几件轶事。

三十年以前，我在德国留学的时候，觉得学德语的困难，与留学东京之堂弟国亲通信时，谈到这一点。国亲后来书，说与周豫才、岂明昆弟谈及，都说“最要紧的是有一部好字典”。这是我领教于先生的第一次。后来，国亲又寄给我《或外小说集》一部，这是先生与岂明合译的，大都是北欧的短篇小说，译笔古奥，比林琴南君所译的，还要古奥，止要看书名“域外”写作“或外”，就可知先生那时候对于小学的热心了。

先生进教育部以后，我们始常常见面。在南京时，先生于办公之暇，常与许君季茀影抄一种从图书馆借来的善本书。后来先生所发表的有校订本魏中散大夫《嵇康集》等书，想就是那时期工作之一斑了。

先生于文学外，尤注意美术，但不喜音乐。我记得在北京大学的时候，教育部废去洪宪的国歌，而恢复《卿云歌》时，曾将两份歌谱，付北平中学练习后，在教育部礼堂唱奏，除本部职员外，并邀教育界的代表同往细听，选择一份。先生与我均在座，先生对我说："余完全不懂音乐。"我不知道他这几句话的意思，是否把"懂"字看得太切实，以为非学过音乐不可；还是对教育部这种办法，不以为然，而表示反抗？我后来没有机会问他。

我知道他对于图画很有兴会，他在北平时已经搜罗汉碑图案的拓本。从前记录汉碑的书注重文字，对于碑上雕刻的花纹毫不注意。先生特别搜辑，已获得数百种。我们见面时，总商量到付印的问题，因印费太昂，终无成议。这种稿本，恐在先生家中，深望周夫人能检出来，设法印行，于中国艺术史上很有关系。先生晚年提倡版画，印有凯绥·珂勒惠支及E.蒙克版画选集等，又与郑君振铎合选北平南纸铺雅驯的信笺印行数函，这都与搜辑汉碑图案的动机相等的。

先生在教育部时，同事中有高阳齐君寿山，对他非常崇拜。教育部免先生职后，齐君就声明辞职，与先生同退。齐君为人豪爽，与先生的沈毅不同；留德习法政，并不喜欢文学，但崇拜先生如此，这是先生人格的影响。

记宗仰上人轶事

上人本姓黄氏，江苏常熟人，出家后，法号宗仰。受翁叔平氏薰陶，能为诗古文辞。其所发表之诗文，自署乌目山僧；但当时报纸，亦有称为黄中央者。

余与上人相识，由蒋观云氏介绍。其时上海有一日报曰《大同》，不能支持；而上人正在哈同花园罗伽陵夫人处主持佛事，颇愿尽力于革新之事业，乃由罗夫人出款，接办《大同》日报，而观云为之编辑。

上人曾为罗夫人印释藏全部，但不甚流通。

民元前十一年冬，观云与林少泉、陈梦坡、吴彦复诸氏发起爱国女学，上人亦赞同之，商诸罗夫人，助经费，至前四年始截止。

前十年，南洋公学学生全体退学，除少数家居上海，或有戚族在上海可依止者外，大多数均寓旅馆，推代表向中国教育会求助。教育会开会讨论，上人谓："一切旅费，可由我担任。"退学生赖以维持，至爱国学社成立而后止。其款亦罗夫人所出也。

前九年，中国教育会改选职员，举上人为会长。五月，学社社员不满意于中国教育会，于报端揭《敬谢教育会》一文；教育会开评议会，决定态度，余主张听学社独立，多数赞同。上人乃以中国教育会会长名义发布《贺爱国学社之独立》一文答之。时章太炎氏亦为评议员，独反对学社独立，乃函促各评议员之在他地者来上海开会，取消前此议决案。上人与余遂不复与闻爱国学社事。

上人曾游日本一次，时中山先生适在日，盘桓颇久。上人归国后，曾为我说中山先生轶事。民元前一年，中山先生自海外归来，上人先得讯，雇一小汽船到吴淞迎之。